光文社文庫

長編時代小説

枕絵（まくらえ）

吉原裏同心(7)
決定版

佐伯泰英

光　文　社

目次

新吉原廓内図

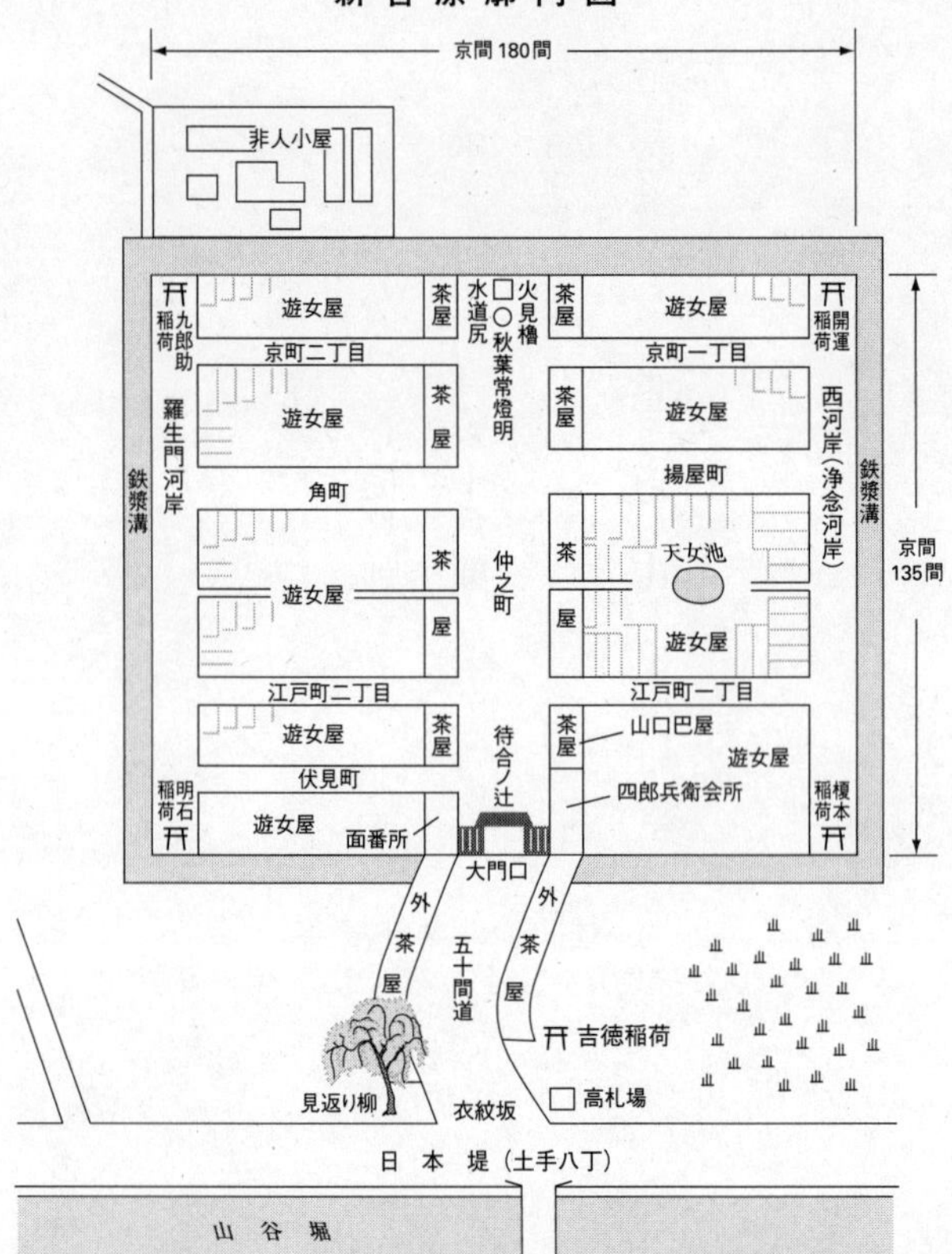
京間 180間
非人小屋
九郎助稲荷
遊女屋
茶屋
水道尻
火見櫓
秋葉常燈明
開運稲荷
京町二丁目
京町一丁目
羅生門河岸
西河岸（浄念河岸）
揚屋町
鉄漿溝
角町
仲之町
天女池
京間 135間
江戸町二丁目
江戸町一丁目
山口巴屋
待合ノ辻
伏見町
四郎兵衛会所
明石稲荷
榎本稲荷
面番所
大門口
外茶屋
五十間道
吉徳稲荷
高札場
見返り柳
衣紋坂
日本堤（土手八丁）
山谷堀

北
東
西
南
荒川
千住大橋
鐘ヶ淵
隅田村
隅田川
三河島
田端
日暮里
駒込
谷中
千住道
小塚原
日本堤
金杉上町
新吉原
寺島村
今戸町
今戸橋
千駄木
白山
下谷
東叡山寛永寺
鷲神社
山谷堀
浅草寺
小梅村
根津権現
御薬園
小石川
本郷
中堂
幡随院
広徳寺
東本願寺
阿部川町
新堀川
浅草花川戸町
吾妻橋
竹町ノ渡し
伝通院
不忍池
田原町
三間町
並木町
駒形堂
菊坂町
池之端仲町
下谷広小路
御徒町
蔵前
湯島天神
春日町
水戸徳川家
北割下水
牛込
森田町
御米蔵
石原町
神田明神
神田川
外神田
向柳原
神楽坂
牛込御門
小石川御門
水道橋
天王町
浅草橋
柳橋
御竹蔵
南割下水
番町
田安御門
昌平橋
筋違御門
和泉橋
柳原土手
両国広小路
本所
市谷
俎板橋
雉子橋御門
一ツ橋御門
内神田
馬喰町
両国橋
回向院
竪川
市谷御門
清水御門
神田橋御門
小伝馬町
今川橋
日本橋
新大橋
常盤橋御門
北町奉行所
小名木川
室町
江戸橋
麹町
江戸城
半蔵御門
呉服橋御門
日本橋
南茅場町
仙台堀
深川
材木町
西之御丸
南町奉行所
鍛冶橋御門
京橋
組屋敷
八丁堀
永代橋
富岡八幡宮
桜田御門
霊岸島
永田町
赤坂御門
数寄屋橋御門
西本願寺
石川島
越中島
山王日枝神社
新橋
築地
佃島
溜池
幸橋御門
汐留橋

『枕絵』主な登場人物

神守幹次郎……豊後岡藩の元馬廻り役。幼馴染で納戸頭の妻になった汀女とともに、逐電。その後、江戸へ。汀女の弟の悲劇が縁となり、吉原会所の七代目頭取・四郎兵衛と出会い、遊廓の用心棒「吉原裏同心」となる。

汀女……幹次郎の三歳年上の妻。借金を理由に豊後岡藩の納戸頭藤村壮五郎の妻となっていたが、幹次郎とともに逐電。幹次郎の傍らで、遊女たちに俳諧、連歌や読み書きの手解きをしている。

四郎兵衛……吉原会所の七代目頭取。幹次郎を吉原裏同心に抜擢。幹次郎・汀女夫妻の後見役。

仙右衛門……吉原会所の番方。四郎兵衛の腹心で、吉原の見廻りや探索などを行う。

玉藻……料理茶屋・山口巴屋の女将。四郎兵衛の実の娘。

村崎季光……吉原会所の前にある面番所に詰めている南町奉行所隠密廻り同心。

足田甚吉……豊後岡藩の中間。幹次郎・汀女の幼馴染。

薄墨太夫……人気絶頂、三浦屋の花魁。

枕(まくら)絵(え)——吉原裏同心(7)

第一章　甚吉とおはつ

一

天明七年（一七八七）六月十九日、陸奥白河藩主松平定信が三十歳という若さで老中に就任し、寛政の改革に着手した。

定信の老中就任は御三家と将軍家斉の実父一橋治済らの推薦を受けてのことであった。

世は田沼時代が終焉したばかり、意次の失脚後も田沼派の残党が幕閣に居残っていた。

だが、この年の五月、江戸では打ちこわしが頻発し、米屋をはじめ豪商が狙い打ちされていた。その責任を取り、田沼派の御側御用取次横田準松らが解任され、定信の老中就任が実現したのだ。

定信は歌人にして国学者の田安宗武の七男で、将軍吉宗の孫に当たる血筋の上に父の英才教育を受けて幼少のころより神童の誉れ高かった。

先の将軍家治時代、若き定信への期待は大きかった。だが、十七歳の折り、突然白河藩主松平定邦の養子として江戸を離れさせられた。

この白河行きは定信の英邁を恐れた田沼意次の策と噂された。定信は吉宗の孫として、将軍位に就く可能性があったからだ。

天明三年（一七八三）、定信は白河藩の家督を継ぎ、折りから陸奥地方を襲った飢饉を質素倹約の徹底と上方からの買米で乗り切り、藩政改革を強く推し進めてきた。さらに四年後、政治家としての才能も江戸に伝わり、満を持しての老中就任となった。

神守幹次郎は茹だるような暑さに目を覚ました。傍らに床を延べたはずの年上女房、汀女の姿はもうなかった。

「よう寝た。刻限は四つ（午前十時）かのう」

幹次郎は独り言を呟き、階下に行った。だが、そこにも汀女の姿はなかった。

(そうか、本日は吉原の手習い塾の日であったな)

昨夜、近くに住む足田甚吉に誘われ、久しぶりに酒を呑んだ。甚吉は豊後岡藩に幹次郎が奉公していた折りの朋輩であったが、藩の奉公を解かれ、幹次郎の勧めもあって、山谷堀の北側浅草元吉町の久平次長屋に住み暮らしながら、五十間道の外茶屋（廓の外にある引手茶屋や編笠茶屋のこと）相模屋で働いていた。

その甚吉から同じ長屋に住むおはつと一緒になりたいがどうかという相談を受けて、遅くまで酒を付き合ったのだ。

「ふうっ、ちと呑み過ぎたな」

甚吉の高揚した気分に当てられ、つい度を過ごしたのだ。

寝巻き姿の神守幹次郎は手拭いを下げて井戸端に行った。

ぎらぎらするような太陽が高く上がり、井戸端を照らしつけていた。洗濯をする長屋の女たちの額にも汗が光っていた。

梅雨も終わりに差しかかったが雨の少ない年だった。その代わり白いほどにぎらつく太陽が毎日顔を出していた。

庭の一角にある痩せた桐の木に花が咲いていた。

「旦那、今朝はお目覚めが遅いね」

と井戸端で女たちが笑った。

「日は三竿というが四つどころではないな」

「四つ半（午前十一時）かねえ」

「お天道様に申し訳ないな」

神守幹次郎は桶に水を汲み、顔を洗ったついでに指を口に突っ込み、口内を清めた。

「ふうっ、生き返った」

「酒をだいぶ聞こし召したようだね」

「のろけ酒に当てられた」

と苦笑いした幹次郎に、

「汀女様はとっくに仕事に参られたよ」

左兵衛長屋は御免色里の吉原を仕切る四郎兵衛会所の息がかかった長屋だ。住人は吉原か、会所に関わりのある者ばかりで気心が知れていた。

「姉様に相すまぬな」

長屋に戻ると、居間のちゃぶ台に布巾がかかり、朝餉が用意してあった。布巾を剝いでみると小擂鉢にとろろ汁が用意され、香のものが添えられてあった。

「これはよい」

幹次郎は麦飯にとろろ汁をかけて二杯ほど掻き込んだ。お膳を片づけ、汚れ物を井戸端に運んで洗い、口を漱いだ。

顎を手で撫でると無精髭が伸びていた。

「旦那、髷も乱れているよ」

左兵衛長屋に住む女髪結のおりゅうが言う。おりゅうもまた吉原に出入りして小見世（総半籬）の遊女の頭髪をあたって暮らしを立てていた。

「いつもは姉様が結い直してくれるのだが、本日は髪結床に立ち寄っていこう」

「それがいいよ」

洗った器を抱え長屋に戻ると、外出の仕度をした。

汀女が用意していた鉄錆色の夏小袖を着流しにして、腰に刃渡り二尺三寸七分（約七十二センチ）の和泉守藤原兼定を差し落とした。

上がり框に置かれてあった菅笠を手に浅草田町の左兵衛長屋を出た。

さらに陽光は強さを増したようで神守幹次郎の影が路面にくっきりと映じていた。

幹次郎が足を向けたのは新鳥越橋際の梅床だ。親方の梅五郎の名を一字屋号に冠した店には何度か通ったことがあった。

午前(ひるまえ)の刻限、客はおらず、小僧が二畳ほどの板廊下に腰を下ろして居眠りをしていた。梅五郎親方といえば、ぎらつくように照り返す山谷堀の水面(みなも)を見つめて顎に伸びた無精鬚を爪で摘(つま)んで抜いていた。

「暇(ひま)そうじゃな」

「この暑さじゃあ客なんぞ来ないよ」

ぼやいた親方が、

「三吉(さんきち)、よだれなんぞを垂らしやがって、起きねえか」

と怒鳴って小僧の目を覚まさせた。

「はーい、いらっしゃいませ」

あらぬ方向を向いた小僧がぺこりと頭を下げた。

「おれに頭を下げてどうすんだよ、客は会所のお侍(さむらい)だ」

親方は言うと、

「金盥(かなだらい)を用意しな」

幹次郎は脱いだ菅笠と藤原兼定を小上がりに置き、親方が指す座布団の上に座った。

「旦那が鬚なんぞあたりに来たところを見ると、吉原は事もなしだねえ」

「ときには、なにごともないのもよかろう。髷と鬚をなんとかしてもらおうか」

梅五郎親方はまず幹次郎の髷から結い直すつもりか、元結を鋏で切った。

「打ちこわしはなんとか白河の殿様が老中にお就きなすったんで収まったがよ、うまく世直しが進むかねえ」

「松平定信様は白河で仁政を敷かれ、藩政改革に貢献されたお方だ。田沼様が荒らされた田畑商いをなんとか養生し直されると思うがな」

「まず松平の殿様が手をつけるべきは賂の横行を止めることだぜ。金の力で役職が買えるならばさ、いくら出来がよくても御家人、少禄の旗本は望みがねえからね。御城のしかるべき役職をさ、小判なんぞの付け届けに目もくれねえ侍にやってもらいたいぜ」

「田沼様の時代はすべて賂の高で決まったからな」

「あのころのまいまいつぶれは、銭出せ、金出せと泣いていたからね」

そう言いながらも梅五郎の手は幹次郎の髷を解き、梳き櫛で丁寧に梳き始めていた。

「先に信濃に旅したが、在所の困窮は江戸の比ではない。何年も繰り返される飢饉で田圃は荒れ、畑には草が生えておった。それ以上に深刻なのは百姓衆がやる気をなくしておることだ」

「そのせいかえ、女衒が何人も在所の娘を吉原に連れてくるぜ」

「禿げ鷹が博奕に誘ったり、酒でつったりと一夜にして金子を失わす罠を仕掛けて待っておる。手っ取り早く娘を売って金にすることも多くあるようだ」

「吉原だってよ、安泰じゃねえぜ。この諸式高騰の折りだ、遊ぶ金まで手が回らないよ」

「近ごろ職人衆や武家の姿が少ないな」

「いつの世も不景気には金持ち分限者が困るわけじゃないさ、日銭を稼ぐ職人や小商人の懐に余裕がなきゃあ、吉原の小見世は流行らねえし、うちのようなしがねえ床屋にも閑古鳥が鳴くというわけだ」

「親方、手拭いが蒸されたよ」

小僧の三吉が金盥と一緒に蒸し手拭いを差し出し、

「もらおうか」

と幹次郎が手にすると顔に当てた。梅床では客に蒸した手拭いを出した。

「暑さには蒸された手拭いがなんとも気持ちよいな、極楽極楽」

「こちとら吉原と違い、わずかの銭で極楽気分になるというのに客が来ねえ。白河の殿様、頼むぜ」

と梅五郎のぼやきはそこへ戻った。

「旦那、承知かえ」

梅五郎の言葉は秘密めいて低声（こごえ）になった。

「なんだな」

「松平定信様が白河に追いやられたのは安永（あんえい）三年（一七七四）、今から十三年も前のことだがよ。それから数年後、吉原では密（ひそ）かに、定信様のもとに、まだ男を知らねえ手つかずの禿（かむろ）を贈ったそうだ」

「禿を、とな」

「源氏名は蕾（つぼみ）といい、武家の出で、なかなか賢（かしこ）い娘だったそうだ。美貌も群（ぐん）を抜いていたそうな。当年とって二十二、三のはずだが、さてどうしておられるかねえ」

「初めて聞く話だが、なぜまた吉原は禿を松平定信様に贈られるような真似をなされたのであろうか」

「さて、その辺の事情までは床屋風情（ふぜい）じゃあ分からねえ。なにせ白河の殿様は吉宗様の孫だ、将軍になっても不思議じゃねえ家柄だ。吉原としても早目に唾をつけたってことじゃねえか」

「それが真実なれば策は当たったことになるな。老中に出世なされたのだからな」

「へえっ、吉原のだれが考えたか、色里には知恵者がいるねえ」

と梅五郎が感心し、櫛を剃刀に替えた。

神守幹次郎はさっぱりとして梅床をあとにした。

俗に土手八丁と呼ばれる日本堤にはさらに強さを増した光が降っていた。

昼見世がそろそろ始まろうとしていたが、深編笠を被った武家が土手八丁をちらりほらりと行くばかり、暑さのせいか遊客は少ないようだ。

見返り柳もどこか生気をなくしてだらりと枝を下げていた。

幹次郎は緩やかに蛇行する五十間道を大門へと向かった。

「おや、遅い出勤かな、さすがに会所の裏同心どのは悠然としてござるな」

外茶屋の路地から姿を見せたのは吉原面番所隠密廻り同心の村崎季光だ。

小者を従え、どこかからの帰りと推測された。鬢に汗の玉が浮かんでいた。それが足を止めたせいで鬢から頬へと流れ落ちた。

「村崎様、お暑うございますな」

「いかにも暑い。さりながら、おぬし、爽やかな顔をしておるではないか」

「あまりにもむさい顔ゆえ、ただ今床屋に行ってきたところでございます」

「さすがに吉原会所の裏同心どのは身嗜みに気を遣うておられる。よほど会所は銭の払いがよいと思えるな。こちとらは朝から奉行所に顔を出して上役からきついお叱りを受けてきたところだ。大門の右と左で極楽と地獄の違いかな」

皮肉たらたらの村崎と肩を並べて、大門を潜った。

「村崎様、これにて」

幹次郎は大門右手にある吉原会所の前を通り過ぎ、江戸町一丁目へと曲がった。妓楼と妓楼の間に細い路地が抜けていた。

官許の遊里吉原は江戸町奉行所の管轄下にあった。奉行所の隠密廻り同心が面番所に詰め、廓内の事件や揉めごとや訴えを処理するのだ。だが、吉原には特有の仕来たりやら人間関係やらがあり、お上の力をもってしてもなかなか埒が明かないことがあった。そこで吉原は自治組織というべき会所を設けて、廓内の治安と規律を守ってきた。

面番所の役人には身分不相応な供応と賂がほどこされ、骨抜きにされていた。

村崎が神守幹次郎を、

「裏同心どの」

と呼ぶのは棘を抜かれた役人の自嘲でもあった。

だが、公式に吉原が幕府、つまりは町奉行所の監督下にあることは昔も今も変わりない。

幹次郎と汀女の夫婦は、七代目頭取の四郎兵衛から吉原会所のために働かないかと打診され、引き受けたあと、自らに吉原会所の表口から出入りすることを禁じた。

吉原会所は町奉行所にとって本来はあってはならぬ会所であり、その隠密方を務める神守夫婦はさらに陰の存在であった。ゆえに裏口を己の出入りの場としたのだ。

吉原二万七百余坪、大門から水道尻へと真っすぐに抜ける仲之町、そこから左右に江戸町一、二丁目、揚屋町、京町一、二丁目、伏見町、角町の五丁町が広がっている。そして、妓楼や茶屋が並ぶ表通りの裏側に、

「吉原の別の貌」

が隠されてあった。

　そこには遊女三千人の表舞台を支える男衆、女衆が住み、さらにその住人のための店が湯屋から八百屋、豆腐屋とあちらこちらに散らばってあった。官許の遊里に世間にあるのと同じような暮らしが潜んでいたのだ。

　世間並みの暮らしとはいえ、吉原が囲い込まれた場所であることに変わりはない。遊女の逃亡を防ぐために廓の周りを高塀と鉄漿溝が取り囲み、出入り口は面番所と吉原会所が左右に控える大門しかなかった。

　吉原の裏の世界を結ぶのが複雑に入り組んだ路地であり、小さな明地であり、辻だった。この張り巡らされた、

「蜘蛛道」

を熟知してようやく吉原者と認められた。

　吉原会所の裏口に向かおうとすると、幹次郎の目に開け放たれた七軒茶屋の筆頭山口巴屋の台所が覗けた。

「おや、神守様」

と玉藻の声がして、

「お寄りなされ」

と招いた。

玉藻の前に恋女房の汀女が端然と座って、幹次郎を見つめていた。

「幹どの、床屋に参られましたか」

「あまりにむさいでな、梅床に立ち寄って参った」

玉藻と汀女の前に膳があった。汀女は山口巴屋で昼餉を馳走になったようだ。

「汀女様に文を数通認めてもらいました」

と玉藻が昼餉を馳走した理由を述べた。頷いた幹次郎は汀女に、

「手習い塾は滞りなく終わったかな」

と訊いた。

汀女は吉原の遊女たちに習字、文の書き方をはじめ、文芸百般を教えていた。

その合間に、遊女たちがつい漏らした片言隻句からその遊女の内心を読み取り、それが吉原に仇をなすようなものなれば七代目に報告して、未然に企てを防ぐ役目を負わされていた。

神守夫婦は今や会所になくてはならぬ両輪として働いていた。

「段々と塾に通うてこられる遊女衆が増え、近ごろでは薄墨太夫をはじめ古手のお弟子が師範代を申し出てくだされ、助かっております」

「いえね、神守様、汀女先生の塾に通うと誘い文の書き方が上手になると、どこの妓楼の主も塾に通うことを勧めるのでございますよ。このご時世、なんとか客足が絶えないのは汀女先生のお陰です。どこの妓楼も汀女先生に足を向けて寝られませぬ」

と玉藻が言葉を添えた。

「我らこそ吉原に拾われてこのような暮らしができるようになった。いつも姉様とそう言い合うておるところだ」

山口巴屋の台所を仕切る姉さん株のおかつが三人にお茶と練り切りを運んできた。

「上げ膳据え膳で恐縮にございます」

汀女が慌てた。

「偶にはこのようなことがあっても罰は当たりますまい」

「姉様はこちらで文を書かれたそうな。それがしは朝寝をして出てきたばかり、なんのお役にも立っておらぬ」

と言う幹次郎に、

「いえね、お父つぁんは玉菊灯籠の打ち合わせで三浦屋さんに参っております。

吉原は私の知るかぎり、なんの騒ぎもございませんのさ。会所や神守様方がばたばたすることもない。このように静かな昼下がりもなくては、命の洗濯も叶いますまい」

「いかにもさようです」

幹次郎は、

「姉様、頂戴しよう」

と茶を喫し、練り切りを食した。

「これは美味かな」

と嘆声を上げる年下の亭主を汀女が目を細めて見た。

二

幹次郎が吉原会所に行こうかと立ち上がりかけたとき、番方の仙右衛門が山口巴屋の台所に顔を覗かせた。

「神守様がお見えになっていると聞き、こちらから出向いてきましたよ」

「番方、御用か」

仙右衛門の表情は穏やかで緊張した様子はなかった。

「世は事もなし、廓内は静かなものでさ。七代目らは玉菊灯籠の打ち合わせを終えて昼酒を楽しんでおられるくらいでね。汀女先生も一緒と聞いたので、偶にはご一緒にお戻りなされといらぬ世話を焼きに来たんですよ」

「それは恐縮」

幹次郎は汀女を見た。

「お言葉ゆえ一緒に大門を出ますか、幹どの」

「姉様、そう致そうか」

と立ち上がる幹次郎に仙右衛門が、

「天下の薄墨太夫を嘆(なげ)かせるわけだ。男と女が仲良く肩を並べて大門から外に出られるなんぞは、汀女先生と神守様だけですよ」

と苦笑いした。

「こちらは薹(とう)の立った夫婦(めおと)にございます、面白くも可笑(おか)しくもございますまい」

汀女が仙右衛門の言葉を躱(かわ)して山口巴屋の表口へと向かった。

幹次郎は裏同心の出入り口から江戸町一丁目へと出た。職人衆の姿がちらほらとあるのは、玉菊灯籠の仕度だろう。

吉原の仲之町の茶屋では毎年七月一日より晦日まで名妓玉菊を追悼して、茶屋の軒先に灯籠を賑々しく飾って、明るく彩った。

その上、七月の七日は七夕、十二日は仲之町に草市が立ち、盂蘭盆会に供える草花や飾り物が売られた。さらに翌日の十三日は盆の大紋日を前に吉原は正月以来の休みとなった。

七月は吉原にとって格別な月の趣があり、妓楼の主も遊女たちもこの月を待ち侘びた。

神守幹次郎と汀女は待合ノ辻で再会し、大門を出た。

廓内にも五十間道にもまだ夜見世の雰囲気はなかった、あと半刻（一時間）もすれば不夜城吉原が目を覚ます。

「幹どの、昨晩は遅うございましたが、甚吉どのと久しぶりにお話が弾みましたか」

幹次郎は昨夜の一件をまだ汀女に告げていなかった。幹次郎の戻りが遅く、今朝は汀女が早く長屋を出たので、話す暇がなかったのだ。

「姉様、話を弾ませたのは甚吉ひとりだ。おはつさんを嫁にするとえらく張り切っておってな」

「あれまあ、そのようなお話でしたか」

「甚吉は独り者、おはつさんも独り身ゆえ互いが承知なればなんの差し障(さわ)りもあるまいがな、ああ甚吉がのぼせていては最初からおはつさんの尻に敷かれに行くようなものだ」

「まあ、女が強いくらいが万事うまくいきまする」

「うちもそうかのう」

「幹どのはどう考えられますな」

年上女房が嫣然(えんぜん)と笑った。

「うちは姉様が万事に一歩も二歩も下がっておられる。だが、ときに考えることがあるのだ」

「なにを考えられますな」

「いや、姉様は猿回しのように後ろから上手にそれがしを操っておられるのではないかとな」

ほっほっほほ
と汀女の笑い声が響き、引手茶屋の相模屋の前に襷(たすき)掛けに姉(あね)さん被りの女が立った。

「あれ、汀女先生に神守様、昨夜は甚吉さんが止め処のないことをご相談申し上げたようで、さぞ迷惑でございましたでしょう」

と腰を屈めたのはおはつだ。

「ただ今もおはつさんの噂を姉様としておったところだ。甚吉はどうしておる」

「昨夜、神守様と痛飲したのが祟りまして今日はお休みにございます」

「酒を呑んで奉公を休んではいかぬな」

と答えた幹次郎の、

「おはつさん、ちと話す時間はないか」

という問いにおはつがちらりと奥を窺い、

「四半刻（三十分）なればなんとか、奥にお断りしてきます」

と言った。

幹次郎は有頂天にもおはつとの婚姻話を披露するのは甚吉のひとり合点ではないかと案じていた。ならばちょうどよい機会、おはつの気持ちもたしかだと分かれば話を進めることもできようと考えたのだ。

「おはつさん、前の茶饅頭屋にいよう」

幹次郎はおはつに言うと汀女を五十間道の北側、三曲がりの中ほどの路地奥にある茶饅頭屋有明に連れていった。

「幹どの、このようなところをようも存じておられますな」

「会所の若い衆が有明の茶饅頭はなかなかうまいと噂しておるのを耳にしておりました。一度、姉様と来たかったのです」

「今日は甘い物の掛け持ちです。幹どのは私を太らせるおつもりか」

「姉様は細身じゃぞ、今少し太ってもよいくらいじゃあ」

年下の亭主の言葉に、

「これ、往来でそのようなことを」

汀女が注意して顔を赤くした。

「休ませてくれぬか」

店の前に置かれた緋毛氈の縁台に汀女を座らせた幹次郎は、赤い手絡の娘に三人前の茶と茶饅頭を頼んだ。

背筋をぴーんと伸ばして縁台に座した汀女が、

「おはつさんにお話とはなんですね」

「それじゃあ、姉様。甚吉はおはつさんと祝言するに当たって、互いに歳も歳、内々で済ませたい。ついては姉様とそれがしに仲人の真似事をしてくれぬかと言うのだ」

「まあ」

「おはつさんも得心してのことなればよいがな、甚吉のひとり合点とも考えられる。おはつさんの本心を聞いてみたいと思うたのだ」

「それはよいところに気づかれました」

と汀女が応じるところに襷を外し、姉さん被りを取ったおはつが姿を見せた。

「仕事中に相すまぬことであった、かけてくだされ」

改めて詫びる幹次郎におはつも会釈をしながら、ふたりから少し離れて腰を下ろした。

「私も神守様にお会いしようかと考えておったところです」

小女が茶と茶饅頭を運んできて、話が中断した。ふたたび縁台の三人になり、

「甚吉はあのような性分じゃ、早呑み込みのきらいもある」

という幹次郎の言葉におはつが苦笑いした。

「よいお方です」

「おはつさん、単刀直入に訊こう。甚吉はそなたと一緒になりたいと張り切っておる。ひとり合点ではないか」

おはつが小さく頷き、

「ひとり合点ではございませぬ」

と答えた。

「よかった。足田甚吉に人並みに春が巡ってきたか」

安堵する幹次郎に、

「春が巡ってきたのでございましょうか」

とおはつが自問するように言った。

「おはつさん、なんぞ懸念がございましたら、よい機会です、申してくださいな。私ども、同じ国許で奉公した仲にございます、甚吉どのになんなりと伝えます。互いが得心した上で、甚吉どのとおはつさんには夫婦となってもらいとうございます」

「有難いお言葉にございます。いえ、甚吉さんに注文があるのではございません。あるのは私のほうにございます」

と答えたおはつは心の中を整理するように軽く両目を閉じた。

「まず茶をいただきましょうかな」

幹次郎が女ふたりに言いかけ、自らも茶碗を握った。

目を開いたおはつが茶碗に手を出して両の掌で抱えるように持ち、その姿勢のままに、

「私、夫を持つのは初めてではございません」

おはつは地味な造りをしていたがなかなか整った顔立ちだった。それに気心もいいとなればこれまで独り身を通したほうがおかしなくらいだ。

「先の亭主どのとは死に別れかな」

「いえ、存命です。それに五つになる男の子がおります」

「そのことを甚吉は承知か」

幹次郎は、甚吉が昨夜そのことに触れなかったことが気になって訊いた。

「亭主がいたことだけは承知です。ですが、亭主が生きておることも子供がいることも甚吉さんには話していません。私の懸念はこのことです」

汀女と幹次郎は頷いた。

「おはつさん、今申されたことはさておき、甚吉どのと夫婦になりたいと考えておられるのですね」

汀女がおはつに念押しした。

「もしできることなら甚吉さんのようなお人柄の方とやり直したいと思っており

ます」

汀女が大きく首肯し、訊いた。

「おはつさん、このような話になりましたのでお尋ね致します。先の亭主どのとはなぜ別れましたな」

「私、戸越村の水呑み百姓の娘にございます」

戸越村は品川宿の西側にある在所だ。

「十八のとき、下蛇窪村の名主の倅、伊作のもとへ望まれて嫁に参りました。四つ歳の離れた亭主は姑の言いなりの気弱者で、嫁に行ったとはいえ、私は身内には加えてもらえず寝屋も別、奉公人と一緒に食事を摂るような暮らしにございました。夜の一時だけ枕を抱えて姑の隣部屋の伊作のもとに通うのでございます」

「なんとのう」

「いえ、私は奉公人と一緒の暮らしが嫌だったわけではございません。姑の言いなりになる亭主にどうしても我慢ならなかったのでございます。長男太郎吉を身籠り、出産したあと、私は子育ても任されず、亭主と会うこともままならない日々にございました。おそらく姑は私が姑を好きでないことを悟っていたと思います」

「江戸近くでもそのような暮らしがございますのか」

汀女が呟き、幹次郎は、

「亭主どのはそなたをどう思うておったのか」

と訊いた。

「本心は分かりませぬ。ですが、姑のいないときには私を探し、恥ずかしいことながら納屋であろうと畑作地であろうと押し倒して欲望を満たしておりました。ただそれだけの人でした」

ふたりはおはつの思いがけない告白に言葉を失っていた。

「太郎吉がふたつになったときのことです、伊作が私を納屋に呼び出し、それを姑に見つかり、私は酷い折檻を受けました。その夜、姑があの売女を品川の飯盛に叩き売ると舅と話しているのを聞き、私は伊作のもとを去る決心をしたのです。連れ戻されるのは分かっておりますから、実家には戻りませんでした。江戸に出てこちらに落ち着いたのです」

「なんという話か」

「おはつさん、その後、伊作どのと会われましたか」

汀女の問いにおはつは首を横に振った。

「ただ風の噂に聞いたことがございます。伊作は私が出ていったあと、必死で探したようです。だが、見つけられなかった」

おはつは、まるで昨日の出来事であるかのように、ほっとした顔をした。

「それが因か、ぐれて悪い仲間を作り、博奕なんぞにうつつを抜かしたようで、家から金子を度々持ち出したそうです。それが姑に知れ、酷く叱られたと聞いております。そこで遊ぶ金に困った伊作と仲間は中延村の名主の蔵を破ろうとして捕まり、ただ今は人足寄場に押し込められております。伊作はお上に捕まるのは初めて、それに舅が中延村の名主にだいぶ金子を使って訴えを取り下げようとしたので、人足寄場で済んだのです」

おはつは事情を承知していた。

「そんな私が甚吉さんと一緒になってよいものか」

「おはつさん、そなたにはなんの罪咎もございません」

汀女が言い切った。

頷いたおはつはそれでも暗い表情を変えなかった。

「伊作の仲間がおはつは亭主を捨てたとあの界隈で言いふらし、私の妹に嫌がらせをしているようです」

なんとのう、と相槌を打った幹次郎は、

「おはつさん、亭主どのに未練はございませんな」

と念を押した。

「亭主に未練などございませんが、子供には一目会いたいと思うときがございます」

幹次郎は、どうしたものかという風に汀女を見た。

「おはつさん、そなたの人別改はどうなっておりますか」

「最初から太郎吉を産むために嫁入りさせられたようなもの、私の名は人別改帳にも記されてはおりませぬ」

「となれば足田甚吉とおはつさんはいつ夫婦となろうとなんの不都合もないということではありませぬか、姉様」

汀女が頷いた。

「おはつさん、そなたがこの地で働いておることはあちらに知られておりませぬな」

「相模屋で働いておることを承知なのは私の妹だけにございます」

おはつの情報源はどうやら妹のようだと幹次郎は思った。だが、おはつの晴れない表情はどうか。

「ただ……」

「ただどうなされた」

「半年ばかり前、中延村の男衆に茶屋の前で顔を見られました。私は知らぬふりをし、相手も昼遊びに来たのが恥ずかしかったか、顔を背(そむ)けたのでそのときはそのままでしたが、あの界隈で私が話題になるのは目に見えておりましょう。在所の人々は噂好きですから。となれば伊作の仲間に知られるのにさほど年月はかかりますまい」

これがおはつの不安の原因だった。

「姉様、どうしたものか」

「在所のほうにはこちらからあえて働きかけることもありますまい。相手方が動いたときに対処すればよい。おはつさんには甚吉どのがついておられる」

幹次郎は頷いた。

「それだけに甚吉どのには亭主が生きておることとお子を生(な)したということは話されたほうがよいと私は思いまする。そして、姑にいびり出されたこともな。甚吉どのならきっと分かってくれますよ、おはつさん」

「そうじゃな。これからなにが起ころうと夫婦の絆がしっかりしていることがなにより大事じゃからな」

おはつが大きく頷いた。

おはつと別れて左兵衛長屋への帰り道、幹次郎は、

「姉様、甚吉は大丈夫であろうか」

「友の心魂が察せられませぬか」

「男は奇妙な嫉妬を持つものでな、別れた亭主が生きていたと知れば甚吉が動揺せぬかと思うたのだ」

「一時、甚吉どのが迷われるかも知れませんが、悩んだ末におはつさんを守ろうと決心なされると思いますよ」

「そうか、そうじゃな。豊後者じゃあ、それくらいの分別は持っていよう」

と幹次郎は自らを納得させるように言った。

「となれば人足寄場におる亭主が寄場を出て、おはつさんが吉原の茶屋で働いておると知ったときか、ひと騒ぎが起こるのは」

「幹どの、そう先に先にと案じ召さるな。幹どのに申すのは釈迦に説法ですが、

吉原会所は廓内だけを守るところではないそうな。五十間道と土手八丁の茶屋は会所の管轄と聞きました」

「ほう、それは知らなかったぞ」

「この地でなんぞ起これば会所も動かれますよ。それに……」

「われらもおる」

「そういうことです、幹どの」

三

ふたりがおはつと会った数日後の昼間、甚吉が左兵衛長屋に顔を出した。

この日、汀女も長屋にいて遊女たちが認めた文の添削(てんさく)をしていた。幹次郎は甚吉の顔に複雑な表情が漂っているのを見逃さなかった。

「甚吉、どうした」

「姉様と一緒におはつさんと話してくれたそうだな」

甚吉はふたりがいる居間に上がり込み、狭い庭が見通せる縁側に腰を下ろした。

その傍らに赤橙(あかだいだい)色に色づいてぶら下がる鬼灯(ほおずき)の鉢があった。

汀女が添削の手を休めて茶の用意をしようとした。

「ついお節介を致した。おはつさんからなんぞ話があったか」

「まさか亭主が生きていようとは考えもしなかったぞ、それに子供がいることもな」

「甚吉、おはつさんがそのことを隠していたことに驚いたか」

「正直気が動転した。だが、考えてみればおはつさんはまだ若い、亭主もそこそこの歳であれば、生きていてなんの不思議もあるまい。それに子供がいることもな」

「嫁入り先の話を聞いたな」

「豊後岡藩でも滅多(めった)に聞かれぬ酷い話じゃあ」

「おはつさんはその暮らしから逃げて吉原に来たのだ。今は足田甚吉を頼りにしておる」

「おれは改めておはつと夫婦になると決心した」

甚吉は迷いを吹っ切った者の潔(いさぎよ)さで宣告した。

「それでこそ豊後者よ」

と幹次郎が莞爾(かんじ)として言った。

「姉様、われら、仲人の真似事をなさねばならぬな」

茶を淹れた汀女が茶請けに京の干菓子(ひがし)を添えてふたりの前に運んできた。

「甚吉どの、おめでとう。おはつさんは申し分ない連れ合いとなられますよ」

「姉様、有難い」

と日に焼けた顔に笑みを漂わせた甚吉が茶碗を摑(つか)んだ。

「祝言を挙げるのはいつのことか」

「それじゃあ」

幹次郎の問いに甚吉が答え、

「おはつさんは太郎吉が幸せにしているかどうか、それを一度確かめたあとにおれと一緒になりたいと言っておる。近々在所の戸越村に戻ることになりそうだ」

幹次郎は甚吉を見、視線を汀女に転じた。

「甚吉どの、そなたも一緒に参られますな」

「姉様、おはつさんはおれを身内に会わせたいと言うておるでな」

「前の亭主は未(いま)だ人足寄場にいような」

幹次郎は確かめた。

「そう聞いておる。ともかくだ、村を訪ねるのは日が落ちてからのことだ、だれにも会わぬように妹のおようさんと文を交わしておる」

「用心するに越したことはないからな」

「幹やん、よしんば亭主に村で出くわそうと、おはつさんはもはやおれの女房だとがつんと申し聞かせてくる」

「亭主には悪い仲間がついておると聞いた」

「悪仲間の大半は島流しの沙汰を受けたそうな。骨のある仲間は残っておるまい」

「それがしがついていこうか」

「幹やん、子供の使いじゃあるまいし、幹やん連れでいけるものか」

「そうだな」

と答えた幹次郎はそれでも、

「いつ行くな」

と訊いていた。

「勤めを早めに切り上げねばなるまい。まずは相模屋の許しを得てからのことだ、二、三日うちかな」

答えた甚吉は干菓子を摘んだ。

「足田甚吉も男だ。おはつさんを守る役は立派に果たしてくる」

吉原仲之町の引手茶屋の軒下に玉菊灯籠が飾られたのは七月に月が変わった朝のことだ。大勢の職人衆と茶屋の男衆が協力し合い、仲之町の左右の軒下に灯籠をぶら下げていく。この年の灯籠は、赤と青の立て筋の箱提灯(ぢょうちん)でその下に飾り布が下がっていた。

玉菊灯籠は十三、十四日の両日には、火が入らず休みとされ、月の後半にはまた別の趣向の灯籠が飾られる。

神守幹次郎はこの早朝、下谷山崎町(したややまざきちょう)の香取神道流(かとりしんとうりゅう)津島傳兵衛(つしまでんべえ)道場に赴(おもむ)き、たっぷりと汗を流した。すっきりとした気持ちの幹次郎は、その足で灯籠の飾りつけを見物するために吉原の大門を潜った。

朝帰りの客はすでに吉原から消え、遊女たちは二度寝の最中だ。

幹次郎が到着したとき、七軒茶屋の筆頭山口巴屋の軒には真新しい灯籠がぶら下がり、朝風に飾り布を靡(なび)かせていた。

「玉藻様、おはようござる。綺麗に出来上がりましたな」

幹次郎は茶屋の前から隣の茶屋の飾りつけを見る玉藻に声をかけた。

「あら、神守様、おはようございます」

と挨拶を返した玉藻が、

「この季節のこの刻限、吉原に生まれ育ったことをうれしく思うときですよ。少しばかり色づき始めた浅草田圃の稲穂を揺らした朝風が鉄漿溝と高塀を越え、仲之町に吹き込み、玉菊灯籠を揺らす。なんとも爽やかな光景ではございませんか」

「いかにもさようですね、灯籠に艶やかな灯りが入るのは夕暮れの刻限、それはそれでよいが、このような朝の光景は吉原の者でないと見られませぬからな」

玉藻が静かな笑みを湛えた顔で頷いた。

幹次郎の脳裏に五七五が浮かんだ。

玉菊の　吐息にも似た　秋の風

(相変わらず下手じゃな)

姉様には披露できぬと胸の中に仕舞った。

「神守様、来ておられましたか」

　四郎兵衛が会所から姿を見せた。藍(あい)と白の格子(こうし)模様の浴衣(ゆかた)がなんとも涼しげで、腰に古渡更紗(こわたりさらさ)の煙草(たばこ)入れがぶら下がっていた。

「このところ騒ぎもなし、神守様には退屈ではございませぬか」

「朝稽古(あさげいこ)に励(はげ)んでおります。本日も津島道場から直(じか)にこちらに参りました」

「なによりなにより」

　と四郎兵衛が笑った。その四郎兵衛の顔が引き締まり、

「退屈しのぎに旅に出ませぬか」

　と言った。

「御用にございますか」

「御用といえば御用、他人様(ひとさま)からの頼みです。これにはちと曰(いわ)くがございまして、断り切れませぬでな」

　と四郎兵衛の返事はいつもに似ず曖昧(あいまい)であった。

「行き先は遠うございますので」

「奥州(おうしゅう)の喉元(のどもと)陸奥の白河城下にございますよ」

　幹次郎はつい最近も白河のことを聞いたが、

（はてなんであったか）

と思いながらも、

「いつ何時でも旅に出られるように心積もりをしておきます」

と答えていた。

「その折りはお願い申します」

話はそれで終わった。

朝餉を山口巴屋の台所で馳走になった幹次郎は、ちと早いか、と考えながらも公事宿や旅籠が並ぶ馬喰町の煮売酒場に足を向けた。

「一膳めし酒肴」

と煮しめたような幟がはためく店は身代わりの左吉の馴染であった。

身代わりの左吉は揉めごとや事件に巻き込まれた人物から依頼され、その身代わりに立ってその後始末をするという奇妙な商いで世間を渡っていた。それだけに江戸の闇の世界の情報には通暁していた。

定席に左吉の姿はなかった。

「いらっしゃい」

と迎えた小僧が、

「左吉様ならしばらく待てば参られますよ」

と請け合った。

「待たせてもらおう」

「茶にしますか、酒にしますか」

「茶をくれぬか。酒は左吉どのの到来を待ってにしよう」

「へえっ、出がらしの渋茶一杯！」

間の抜けた声が響き、幹次郎は左吉の定席の卓に着いた。小僧の予測は当たり、四半刻もせぬうちに左吉が飄然(ひょうぜん)と入ってきた。

「おや、珍しいお方がお待ちだ」

「左吉どの、久しぶりにござる」

「最後に会ったのは梅雨の終わったすぐあとのことでしたな」

左吉が座ると小僧が黙って酒を運んできた。左吉が杯(はい)を盤の上に置き、徳利(とっくり)の酒を注(つ)いだ。

「なんぞ御用で」

「左吉どのは物識(ものし)りだ、知恵を借りたい」

「なんですね」

左吉は手酌で己の杯を満たし、幹次郎が杯を手にしたのを見た。

「安永三年から数年後と聞いたが、吉原は白河藩主松平定信様に禿を贈ったそうな」

「ほう、昔話を持ち出されましたな」

左吉は杯の酒を悠然と呑み干すと幹次郎の顔を見た。

「左吉どの、床屋からこの話を聞いたばかりだが、近々それがし白河に御用で赴くことになるやもしれぬ。まだいかなる御用とも命じられておらぬが、ちと気になってな」

「松平定信様は老中に就任なされたばかり、ご側室のお香の方様どころではございますまいな」

「なにっ、吉原が贈った禿は白河城主の側室になられましたか」

「定信様はお香の方様がいたくお気に入り、寵愛なされて仲睦まじいと聞いております」

大名家の正室は江戸に留め置かれるのが幕府の方針だ。だが、お香の方はまだ幼い禿の折りに吉原が定信に贈った娘、幕府の監督の外にあった。

「当然今も白河城下におられような」

「江戸に戻られたとは聞いておりませぬ」

と答えた左吉は、

「神守様はこたびの会所の御用がお香の方様と関わりがあると読まれましたので」

「床屋の親方から聞いた四方山(よもやま)話の直後に会所からそのような打診を受けたでな、なんとのうふたつのことを結びつけてしまったのだ」

左吉は空(から)の杯を手にしばらく考えていたが、

「ちと時を貸してくだされ、どれほど探れるか調べてみます」

と約束してくれた。

神守幹次郎が左兵衛長屋に戻ったのは夕暮れ前の刻限だ。すると汀女が幹次郎の帰りを待ち侘びていた様子で、

「幹どの、相模屋から何度も使いが来ております」

と心配そうな顔で言った。

「なにっ、相模屋とな」

「戸越村に行ったおはつさんと甚吉どのの帰りがないとか」

「しまった」

と漏らした幹次郎は紐を解いて手にしていた菅笠を汀女に渡し、

「身代わりの左吉どのと会っていたで遅くなった。この足で相模屋に参る」

「お願い致します」

幹次郎は足早に長屋の木戸を出ると日本堤には向かわず、浅草田圃の間に走る野良道伝いに五十間道を目指した。長身の幹次郎が夕暮れの風を蹴って、
ぱあっぱあっ
と歩くのだ。たちまち相模屋の裏口に到着した。だが、裏戸には閂がかかり、開かなかった。

幹次郎は表に回った。

大門からは清搔が流れてきて、五十間道は遊客で賑わっていた。

「おおっ、神守様」

と相模屋の番頭早蔵が吉原会所の侍に目を留めた。

「何度も使いをもらったそうだな、他出をしておった。相すまぬ」

「いえね、おはつさんと甚吉さんのことなんで」

「おはつさんの実家に帰ったが、まだ戻らぬか」

「はい。ゆんべ、出ていくときは朝までに必ず戻るからとふたりして出ていきま

した。じゃが朝になっても昼を過ぎても戻って参りませぬ。いえ、久平次長屋にもおりませぬ」

「おかしいな」

神守幹次郎の胸に不安が走った。

「甚吉さんは帰りが遅くなるようなれば直ぐに神守様に知らせてくれ、さすれば事情が知れようと、何度も念を押して出かけましたでな、使いを出しました」

「事情は相分かった。番頭どの、戸越村じゃが、おはつさんの親御の名を承知か」

「こたび初めて聞きましたよ。父親は加平、おっ母さんはおちえだそうで」

「番頭どのはおはつさんと甚吉の両人がなんのために暇を取り、在所に戻ったか承知であろうな」

「へえ、祝言を挙げるために、甚吉さんを親に会わせに行ったんでございましょう」

「そなた方はふたりが祝言を挙げることに異存はないか」

「異存どころかふたりが一緒になるのは大賛成です。ふたりしてよく働きますでな」

「これまでおはつさんの在所とはそなた方、関わりがなかったのだな」

ございませんでした、と首を横に振った番頭が、

「そういえば半月も前のことです。五十間道でおはつさんのことを訊き回る風体の悪い男がいたそうで」

「おはつさんに伝えたか」

「あれでね、おはつさんはうちに出入りする駕籠舁きなんぞに人気者でねえ、吉原に遊びに来た男衆がおはつさんに目を留めたかと、数日様子を見ているうちにそのことを忘れてしまいました」

「おはつさんはそのことを知らず仕舞いであったか」

「へえ、他から聞いていなきゃあねえ」

「あとは任せよ」

「うちはふたりがいないと裏が回りません、一刻も早く連れ戻してくださいな」

番頭の声を背に幹次郎はふたたび大門を潜った。すると会所の前に長半纏を着た番方の仙右衛門が立っていた。

「おや、このような刻限に」

訝しがる吉原会所の番方に事情を告げ、

「廓の外の話で相すまぬが、これより品川宿外れに参ろうと思う」

と幹次郎は断った。

「神守様、五十間道は吉原並み、うちの支配下にございますよ」

といつぞや汀女が言ったのを仙右衛門が裏づけたように言い、

「こいつは厄介に巻き込まれましたな。半月前五十間道にうろついていたという男はおはつの亭主か仲間ですよ」

と言い足した。

「先の亭主が人足寄場から出たか」

「長谷川平蔵様は悪に手を染めた連中のひとりでも更生させようと手に職を覚えさせる人足寄場を佃島の隣に設けられましたがな、手に職をつけるよりさらに悪に染まる度合いが激しいのですよ。亭主が一端の悪党になって戻ってきたということも考えられますぜ」

と言った仙右衛門が会所の中へ顔を突っ込み、小頭の長吉を呼んだ。すると長吉と一緒に山口巴屋から引き抜かれ会所の若い衆見習いになったばかりの宗吉も従って出てきた。

「長吉、神守様に従い、戸越村まで行け。事情は神守様が道中で説明なさる」

命じた仙右衛門が、

「神守様、足手まといかもしれませんが宗吉も連れていってください。この際だ、場数を踏ませたい」

と願った。

宗吉は先月、信濃路への道中を一緒にしていた。

その折り、四郎兵衛は若い宗吉の気働きを見ていたようで、その後、会所の若い衆にと山口巴屋から奉公替えさせたのだ。吉原で働く若者にとって会所で働くのは憧れであった。吉原会所では名入りの半纏をそう容易くだれにでも着せることはなかったのだ。

宗吉は四郎兵衛の目に適った若い衆だった。

「長吉どの、宗吉、頼む」

と願う幹次郎に、ふたりが黙って頭を下げた。

四

戸越村は品川宿の南外れに走る朱引の外、西側に広がる鄙びた村だった。

神守幹次郎ら三人は東海道から海晏寺と泊船寺の間の道を曲がり、仙台坂を上がって大井村に出た。

戸越村は大井村の西に接していた。すでに一帯は夜に変わっていたが、大井村と下蛇窪村の境でよろめくように歩く村人に会った。羽織を着ているところを見ると祝言にでも呼ばれた帰りか、長吉が、

「ちょいとものを尋ねたい。加平さんの家はどちらです」

「加平」

と呂律の回らない舌で答えた相手は、

「女房の名は」

「おちえだ」

と幹次郎が答えた。

「それなれば、ほれ、もう少し西に上がりなせえ。四つ辻に出たらよ、ふたつの流れが集まって立会川に注ぐだよ。流れが合わさる岸辺にあるのが加平の家だ。小せえから見落とすな、目印は大銀杏だ」

「有難い、父つぁん、足元に気をつけて帰りな」

「余計な心配するでねえ、目を瞑っても家に帰れるだ」

長吉の言葉に反発した羽織の男はゆらゆらと体を揺らしながら仙台坂の方角へ消えていった。

幹次郎らは小川が合流する岸に大銀杏を見つけ、その下にへばりつくようにある加平の家を探し当てた。屋内に人がいるのかいないのか、ひっそり閑としていた。

「御免よ」

長吉が何度か訪いを告げると屋内で人が動く気配があって、戸口の向こうに立った。

「どちら様で」

若い女の声だ。

「わっしら、吉原から来た者だ。おはつさんと足田甚吉さんが戻らないので心配して見に来たんですよ」

長吉の言葉に、はっとした息を呑む気配があって、がたぴしと戸が押し開かれた。

おはつの妹、およううか。女の影の向こうに身内らしい姿があったが、息を潜めてこちらを窺っていた。どうやら内職を一家でしていた様子だ。

「ちょいと訊きてえ。おはつさんはいなさるか」

しばらく沈黙があって、顔が横に振られた。

「いえ、姉ちゃんはたしかに昨夜うちに寄られました。その後、太郎吉さんの様子を少しでも窺いたいと下蛇窪村に出かけ、そのままです」

「甚吉さんも一緒だな」

「はい」

「入らしてもらっていいかえ」

長吉が訊き、おようが、

「はっ、はい」

と三人を中へ入れた。

ちろちろと燃える囲炉裏端に六人の男女がいた。

おはつの両親と弟妹だろう。

燃える火は暖を取るためではない、灯り代わりで、その火を頼りに草鞋を作っていた。品川宿辺りで卸すのか。

「加平さん、わっしらは吉原からおはつさんと甚吉さんの身を案じてきた者だ。ふたりが今どこにいるか承知なら話してくだせえ」

ふたたび重苦しい沈黙があった。

妹のおようが口を開いた。

「姉ちゃんと甚吉様をどうする気です」

「知れたこと、どこぞに捕まっているならば助け出すまでだ」

「なぜです」

「おはつさんと甚吉さんは大門外の茶屋で奉公しておりますがな、そこは吉原会所の息がかかった縄張り内だ。身内同然の者らが胡乱な目に遭っているなら、助け出すのがわれらの役目だ」

おようが囲炉裏端の父親を見た。

「亭主の伊作様の屋敷ですよ」

娘の前の亭主のことを様づけで加平が呼んだ。

「伊作は人足寄場にいるんじゃないのかえ」

「十日も前に出てきたんです」

おようが答えた。

「伊作の屋敷にいるとどうして分かる」

「今朝方、伊作さんが突然訪れて、おはつは屋敷に戻ったから安心しなと、言い残していきました」

「甚吉はどうなったか、承知か」

幹次郎が訊くとおようが幹次郎を不思議そうな表情で見て、

「伊作さんは亭主気取りの男は納屋に放り込んである、そのうち始末をつけるとも言っていました」

と答えた。ふたたび質す役が長吉に代わった。

「おまえさん方、おはつさんが甚吉さんと夫婦になることをどう考えなさる」

「おはつの気持ちは分からないでねえが、下蛇窪村が許してくれめえ」

加平の返答には諦めがあった。

「おめえさん、己の娘がよ、嫁とは言葉ばかり、給金なしの奉公人同然、その上、飯盛以下の扱いを受ける暮らしに戻れと言いなさるか」

加平は長吉の舌鋒に押され、黙り込んだ。

「吉原の方、この界隈で水呑み百姓が名主様に逆らえるもんですか。姉ちゃんが駄目なれば、私に代わりを務めろと言うような人たちですよ」

とおようが答えた。

長吉が神守幹次郎を見た。

「われらはおはつさんと甚吉を救い出し、吉原に連れ戻る。ふたりは夫婦になりたいと願っておるでな、その願いを叶えてやるつもりだ。異存はないか」

「ございます」

と囲炉裏端の主が身を乗り出した。

「連れ戻るそなた方はいい、残る私どもに酷い仕打ちが待っています」

「加平、よく聞け。われらの仕事はふたりを連れ戻すだけではない、そなた方に指一本触れさせぬようにするのが務めだ」

「そんなことできはしねえだ」

「なぜだ」

「下蛇窪村の名主の倅には雑色村のやくざ、海坊主の海ヱ門一家がついておるだ」

「父つぁん、吉原会所の力を嘗めちゃいけねえ。わっしらが出張ってきたんだ、おはつさんと甚吉さん、おまえ様方には怪我ひとつさせねえで始末をつけてみせるぜ」

と長吉が言い切った。

「たしかですね」

おようが念を押した。

「おようさん、その目で確かめねえな」

「下蛇窪村まで道を案内しろと」

「そういうことだ」

「およう」

と加平が不安そうな声で言った。

「お父つぁん、このままではいつまでも伊作さんの言いなりになるだけよ。私、行くわ」

襷を取りながらおようが言い切った。


おように案内された神守幹次郎ら一行が下蛇窪村の名主勝左衛門の屋敷に到着したのは四つ（午後十時）の刻限を大きく回った頃合だ。

長屋門のある大きな屋敷の母屋は森閑として、眠りに就いているように思えた。だが、庭の一角にある蔵屋敷からは灯りが漏れ、人のざわめく声がした。

「伊作さんが寄場から戻ってきてのち、毎晩のように海坊主の海ヱ門一家が出張ってきて、賭場を開いているということです。いえ、海ヱ門の狙いは伊作さんではありません、名主の家屋敷ですよ」

　とおようが言い切った。

「甚吉は納屋に放り込んであると申したな」

　幹次郎が訊くとおようが、

「その納屋は蔵屋敷の西外れにあるものだと思います。勝左衛門様は納屋を、言うことを聞かぬ奉公人の折檻場所に使っていますから」

「よし、そこへまず案内してくれぬか」

　おようは長屋門を潜ったところで母屋の背後を大きく回り、納屋へと一行を導いていった。すると納屋の前で、
　ぽおっ
　と煙草の火が点滅した。見張りがいるようだ。

「ちと待て、それがしが始末致す」

　長吉らをその場に待たせた幹次郎は悠然と煙草の火に近づいていった。

「谷脇（たにわき）先生、変なところから現われなすったねえ」

　と見張りの男が仲間の用心棒とでも間違えたか、声をかけてきた。

「ううーん」

曖昧に返事をした幹次郎は見張りの男に歩み寄った。納屋から漏れる光が幹次郎の顔に当たった。

「あれ、おめえは」

とようやく気づいたように見張りが思わず煙管を突き出した。

幹次郎はその煙管を左手で払うと右の拳を男の鳩尾に突き立てた。

うっ
という呻き声を発して崩れ落ちようとする男の体を受け止め、納屋の軒下に引き摺っていった。

「音、どうした」

納屋の中からもうひとりの仲間が姿を見せた。

幹次郎は低い姿勢で相手に走り寄り、ふたたび拳を使った。気を失わされたふたり目が仲間の傍らに寝かされた。

幹次郎は行灯の灯りが点る納屋を覗いた。すると土間の柱に甚吉らしき影が縄で縛られており、その頭がぐったりと垂れていた。もう見張りはいないようだ。

幹次郎は長吉らに合図すると納屋に入った。

「甚吉」

幹次郎の声に柱に縛られた人影がのろのろと動き、

「幹やん、遅い」

と詰るように言うと顔を向けた。殴られたか、顔が大きく腫れて、片眼が潰れかけていた。

「おはつさんは」

「これから助け出す。どこにおるな」

「最前までは賭場で酒の接待なんぞをやらされておった」

幹次郎は脇差を抜くと甚吉の縛めを切った。

「糞っ」

と甚吉が罵り声を上げ、縛られていた手首をもう一方の手で撫で摩った。

長吉らが入ってきた。

「吉原会所が動いたか。おや、おようさんも一緒か」

甚吉が驚きの声を上げた。

「甚吉、海坊主の海ヱ門の手下は何人おる、賭場の客はおるか」

「客はいねえよ、仲間内の手慰みだ。海坊主の海ヱ門が五、六人の手下を連れて仲間のやくざ者と遊んでおるのだ。総勢十二、三人かねえ。用心棒に一刀流の剣客谷脇なんとかという者がおる、骨のある奴はこいつだけだ」

「よし、そやつをまず倒す」

長吉と宗吉のふたりは納屋の片隅にあった鍬(くわ)の柄(え)を手にした。甚吉もふたりを真似て一本の柄を摑んだ。

「甚吉、そなたはおはつさんの身柄を確保せよ」

幹次郎は甚吉の手から柄を取り上げ、自らの得物(えもの)とした。

「借りも返したいが仕方ねえ」

幹次郎はおようには、この場で待っておれと命じた。

「いえ、私も姉ちゃんを助けに行きます」

と顔を横に振ったおように幹次郎が譲歩(じょうほ)した。

「ならば甚吉と一緒に行動せよ」

今度はおようが頷いた。

神守幹次郎を先頭に蔵屋敷へと向かった。蔵屋敷の両開きの扉は大きく開かれ、外に光と人声(ひとごえ)が漏れていた。

「丁目(ちょうめ)ばかりが続きやがるぜ」

「半(はん)が出る潮時だがな」

幹次郎は厚い扉の陰から蔵屋敷を覗き込んだ。

板の間に何枚か畳が敷かれ、その中央に盆茣蓙が設けられて十人ほどの男が車座になり、丁半博奕に興じていた。

海坊主の海ヱ門は銭箱を膝の前に置いて賭場に睨みを利かしていた。海坊主の異名の通り、頭はつるつるに剃り上げられていた。その傍らで用心棒の剣客、谷脇某が大刀を抱えて茶碗酒を呑んでいた。

おはつはと見れば蔵座敷の片隅で酒の仕度をしていた。その傍らには男がひとり従っていた。

「あれが伊作さんです」

幹次郎の傍らから蔵屋敷の中を覗き込んだおようが教えた。伊作は酒のせいか、顔の肌も荒れて吹き出物ができていた。

「長吉どの、参る」

幹次郎の言葉に長吉が頷き返した。

すいっ

と神守幹次郎の体が蔵屋敷に飛び込み、用心棒剣客が酔眼を這わせた。そして、茶碗を捨てると立ち上がった。意外にも俊敏な動きだ。

だが、幹次郎は鍬の柄を握り締めると一気に用心棒剣客との間合を詰めていた。大刀を抜き合わす間がないことを悟った用心棒が鞘に納まったままの剣を幹次郎に向かい、突き出した。

幹次郎は鍬の柄で突き出された大刀を弾くと同時に中腰の姿勢から立ち上がろうとする相手の首筋に叩き込んだ。

ぼきり

と不気味な音がして肩の骨が砕かれ、押し潰されるように用心棒剣客はその場に倒れ込んだ。

「野郎、何奴だ！」

海坊主の海ヱ門が立ち上がった。手には銀煙管を握っている。

幹次郎は盆茣蓙の上に飛び乗ると長脇差や匕首を手に立ち上がろうとする手下たちを次々に叩き伏せた。

盆茣蓙の周りは一瞬にして騒乱の渦と化したが、機先を制して暴れ回る神守幹次郎を止めることは叶わなかった。

幹次郎が剣の手解きを受けたのは豊後岡藩城下にふらりと立ち寄った薩摩藩御家流東郷示現流の老剣客からだ。

示現流は戦場の剣法ともいえた。大勢を相手に孤軍奮闘する剣の会得者がやくざ者を叩き伏せるくらい造作もないことだった。

戦いは瞬時に終わった。

呆然と立ち尽くしているのは海坊主だけだ。

蔵屋敷の片隅では甚吉とおはつが手を取り合い、おようと宗吉が伊作を囲んでいた。

「長吉どの、勝左衛門を連れてきてくれぬか」

と幹次郎は名主をこの場に呼ぶように頼んだ。

「合点承知だ」

長吉が消えた。

「甚吉、おはつさんを助けたか」

「おう」

と叫んだ甚吉が、未だ事態が呑み込めぬ風の伊作の頬べたを立て続けに張り飛ばした。

「さっきはよくも可愛がってくれたな。おれたちには吉原がついているんだよ、それによ、幹やんはおれの幼馴染だ。てめえを叩き斬るくらいわけはないんだ！」

　お返しとばかりさらに一発頬を殴った。

「ひえっ」

「人足寄場に叩き込まれたくらいで一端の面をするねえ。おめえは海坊主がなにを狙ってちやほやしているか、分からないのか」

　と啖呵を切ったとき、伊作の父親の勝左衛門が長吉に連れてこられた。

「名主さん、おめえさんの役目はなんだえ。下蛇窪村の長ならそれくらいのことは分かりそうなもんじゃねえか。寄場帰りの馬鹿息子をいつまで甘えさせておくんだい、蛸坊主だか海坊主の親分に家屋敷そっくりと持っていかれるぜ」

　長吉が吐き捨てた。

　勝左衛門は、盆茣蓙の上に転がって呻くやくざ者たちを言葉もなく見つめていたが、海ヱ門に、

「親分、おまえさん、そんなことを考えておいでか」

　と訊いた。

「名主さんよ、伊作の面倒をおれがどれほどみてきたと思うね」

「そんだ、おめえが伊作の面倒をみるのはうちの田地田畑家屋敷が狙いだ！」

ようやくそのことを悟ったように勝左衛門が叫び、海ヱ門に詰め寄った。

「ふざけるねえ！」

海ヱ門が手にしていた銀煙管で、
発止！

とばかり勝左衛門の額を殴りつけた。

「あ、い、痛たた」

さらに殴ろうとする海ヱ門の脇腹を長吉が鍬の柄の先で突いた。すると両足を虚空に浮かせて盆茣蓙に転がった。

「勝左衛門、伊作、よく耳の穴をかっぽじって聞くんだ。おはつさんと甚吉さんの両人は御免色里を仕切る吉原会所の関わりの者だ。てめえらがこれ以上付きまとうならば、町奉行所隠密廻りを差し向けることもできるんだぜ。吉原関わりの調べとなりゃあな」

額から血を流した勝左衛門がふるえた。

「隠密廻りなんて滅相もございません」

「ならば一筆書きねえな」

「なにをです」

「知れたことだ、今後一切おはつ並びに戸越村の加平一家には手を出さねえという証文だ」

長吉の言葉に反応したのは伊作だ。

「お父つぁん、おはつはおれの女房だ」

と叫ぶ伊作に近づいたおはつが、
ばちり
と頰べたを張り飛ばした。

「伊作、おまえがこの私に女房らしい扱いをしてくれたことが一度でもあったかい。いつだってお義父っつぁんやおっ義母さんの顔色ばかり見て、私のことは奉公人以下の扱いだ。わたしゃねえ、一度だっておまえを亭主だなんて思ったことはないよ」

と啖呵を切ると伊作がへたへたとその場にしゃがみ込んだ。

「勝左衛門さん、ちょいと阿漕な話じゃないか。加平一家にこれまでの弔慰金を出しても損はあるめえ」

長吉が言うとおようが、

「うちではこちらから金子などいただこうとは思いません」

と言い切った。

旗色が悪いことを瞬時に悟った勝左衛門が、

「吉原の方、証文を書かせてもらいますよ」

と応じてようやく一件落着する気配を見せた。

第二章　からくり提灯師

一

闇の夜は　よし原ばかり　月夜哉　其角

この年の玉菊灯籠が始まった。

遊女玉菊は在世の折りから仲之町の茶屋の人々と格別に懇意であったゆえに、その死後、翌秋の盆には追善のために茶屋の軒先に提灯を吊るして、その霊を弔ったのが始まりだ。それが後年になると茶屋ごとに灯籠に工夫を凝らすようになり、灯籠を吊るすことが吉原の節季の行事になった。

茶屋の前に、燭台に飾り花を添えて仏花としたり、またからくり提灯が登場するようになって、見物の人々を喜ばせた。

山口巴屋のからくり提灯は七福神ならぬ七花魁（おいらん）が宝船に乗った図柄であった。竹垣を波に見立てて、からくりの宝船がゆっくりと舳先（へさき）と艫（とも）を上下に動かすたびに見物衆から歓声が起こった。

着流しの神守幹次郎は灯りが入る前の灯籠の最後の点検をする玉藻と会った。

「玉藻様、工夫を凝らされましたな」

「神守様、毎秋、ない知恵を絞りますが、今年はうまくいったと自画自賛しています」

「これに光が入ると、綺麗なことにございましょうな」

「今から楽しみです」

近年、仲之町の引手茶屋はこのからくり提灯に工夫を凝らし、さらに一段と競い合うようになっていた。とくに大門口の七軒茶屋はどこもが他所（よそ）の茶屋に負けてなるものかと、秘密のうちにその年のからくり提灯を造った。

「宝船の真ん中に座しておられるのは薄墨太夫ですね」

「分かりましたか」

玉藻がにっこりと笑った。

三味線の爪弾き、清掻の調べと男衆が下足札を律動的に打ち鳴らす音がいつにも増して艶を漂わせて流れ、俄かに遊客たちが門を潜ってきた。

頃合を見て、軒下の箱提灯にもからくり提灯にも灯りが入れられ、俳人其角が詠んだ世界が遊里に広がった。

「おおっ、見ねえな、七太夫揃い踏みの宝船の到来だぜ。景気がいいやねえ」

「おれを迎えに来やがったか」

「熊公、花魁を乗せた宝船は懐に小判のざくざくある人のところにしか着かねえんだよ」

「梅、心配すんねえ。こちとらは今日ばかりは鴻池気分だ」

ぽーんと膨れた懐を梅が叩いた。

「小判を懐にしているというのか」

「おうさ、切餅がいくつもあってよ、腹がさっきからしぶりっぱなしだ」

「汚ねえな、まあ見せてみねえ」

遊客の梅が懐から取り出したのは作り物の小判だ。

「それなれば腹も冷えめえ」

「なんにしても景気づけだ」

梅公が切餅を崩して中の作り物の小判を取り出し、
ぱあっ
と仲之町に撒いた。すると一際大きな歓声が湧いた。
番方の仙右衛門が幹次郎の傍らに、
すいっ
と寄ってきた。
「光の仲之町もいいもんでございましょう」
「見物にございますね」
幹次郎と仙右衛門は肩を並べて、仲之町の通りをゆっくりと水道尻へと向かった。茶屋のからくり提灯を見物する体で、廓内の見廻りに歩いているのだ。ふだんよりも遊客の多い玉菊灯籠の吉原だ、掏摸やかっぱらいが横行した。
それを警戒するために吉原会所では若い衆が仲之町から五丁町のあちらこちらに散っていた。
「甚吉さんの傷は治りましたかえ」
「先ほど長屋に立ち寄ってきましたが、腫れも引き、青痣が残る程度で大したことはありませんでしたよ」

「痛い目に遭われたがこれでおはつさんとの絆が深くなったんだ、なんにしてもようございました」

「相模屋におはつさんと祝言を挙げたいと報告したところ、甚吉を裏から表の男衆に取り立ててもいいと主の周左衛門様が言ったそうで、甚吉は喜んでおりました」

「おはつさんは働き者だ。身許のはっきりとした夫婦で勤めてくれるのは茶屋にとっても有難いことでしてね、相模屋はふたりが一緒になるのは願ったり叶ったりでございましょうよ」

幹次郎は頷いた。

「甚吉は今日明日にも自分の長屋を引き払い、おはつさんの長屋に転がり込む魂胆です」

苦笑いした仙右衛門が、

「仲人は神守様と汀女先生と聞きましたが、祝言はいつのことで」

「甚吉は青痣が取れれば直ぐにでも祝言を挙げたい様子で、われらに長屋に出向けと申しております。祝言とか仲人とか申したところでかたちばかりの三三九度を行えばそれで仕舞いです」

幹次郎が笑い、

「それで済みますかねえ」

と仙右衛門が首を傾げた。

玉菊灯籠を見物する客の間から、
わあっ
という歓声が起こり、仲之町の通りの真ん中がさっと開かれた。

ちゃりん
と鉄棒の鉄の輪が響いて全盛を誇る三浦屋の薄墨太夫の一行が姿を見せた。

その一瞬、玉菊灯籠の灯りさえ薄墨太夫の容色にかすんだほどだ。

「さすがにおれの太夫だぜ、見てみねえ、抜けるような肌の白さをよ」

「白いのがよけりゃあ、大根なんぞはどうだえ」

「間抜け、薄墨花魁と大根を一緒くたにするねえ」

と言い合う中に新造や禿を従えた太夫が見事に外八文字を踏んで進んできた。

幹次郎と仙右衛門の目の前を通り過ぎようとした薄墨の眼差しが幹次郎に向けられ、嫣然とした笑みを送られた。

幹次郎も会釈で応じた。

花魁道中が通り過ぎたあと、男たちの溜息が重なった。

「神守様、薄墨の笑みに千両箱を積もうという御仁は何人もおりますよ。そいつを一文も払わずに独り占めになさる神守様は幸せ者です」

「当たり障りのない者に、太夫は笑みを向けられただけのことですよ」

「そうでしょうかね、もっとも汀女先生が神守様にはついておられる。全盛の太夫と出来た女房、ふたりの心を捉える神守様はなんとも果報者だ」

「番方、冗談はなしだ」

幹次郎が苦笑いし、仙右衛門が周囲を見回した。

ふたりは水道尻で、見番の二代目頭取小吉に会った。

「見廻りですかえ」

小吉は水道尻の番小屋の主だった老人でひょんな経緯から二代目頭取の地位に就いた人物だ。

「二代目、九郎助稲荷にでも参られた帰りか」

仙右衛門が聞いた。

「午の日は込むからね、仲之町が賑わう玉菊灯籠の初日にお参りしてきました」

吉原の四隅には開運稲荷、榎本稲荷、明石稲荷、そして、九郎助稲荷が祀られてあったが、一番の人気は九郎助稲荷で、午の日の縁日には遊女を連れた客たちが次々に訪れ、植木屋や金魚屋なども出たほどだ。

「信心はなによりだ」

「番方、稲荷にでも縋ろうというのはさ、あの世からの迎えが近いということだよ」

「二代目、まだそれを言うのは早かろうぜ」

水道尻の前で小吉と別れたふたりは、ふたたび仲之町を大門へと戻り始めた。

夜が深まるにつれ、玉菊灯籠の灯りが力を増し、見物の客たちの人出もさらに増えていた。

ふたりが角町の辻に差しかかったとき、人込みを分けて宗吉が姿を見せた。若い衆の血相が変わっていた。

「番方、神守様、ちょいとお出でを」

「どうしたえ」

仙右衛門が会所の見習いになったばかりの宗吉を落ち着かせようと悠然と問うた。

「殺しなんで」

「遊女か客か」

「どちらでもございません、からくり提灯の職人の秀次なんで」

「案内しねえ」

仙右衛門の言葉に頷いた宗吉が揚屋町の妓楼と妓楼の間を走る路地奥、蜘蛛道へとふたりを案内していった。

「番方、会所に知らせが入ったのはつい最前のことだ。曙湯の裏手で男が倒れているのを釜番が見つけたそうです」

吉原の表通りの裏には遊女たちを支える男衆や女衆が何千人も住んでいた。そんな住人たちを相手に湯屋が何軒かあった。

揚屋町の奥にある曙湯もそんな一軒だ。

ふたりが殺しの場に到着するとすでに長吉らが出張っていた。

「喧嘩か」

玉菊灯籠を造る職人は絵描き崩れだったり、鳶の職人のうちで器用な者が請け負ったりした。

秀次は珍しくからくり提灯だけで生計を立てている名人肌の職人で、今年も仲之町の茶屋のいくつかを請け負っていた。

遊里の湯屋だ、町湯ほど大きくはない。

秀次は薪や廃材が積まれた狭い裏庭に仰向けに倒れていた。

「湯屋の連中も客も口論なんぞは聞いておりません」

会所の名入りの提灯が突き出され、秀次の姿が浮かんだ。

仕事着姿ではなかった。格子模様のさっぱりとした単衣で腰には凝った革細工の煙草入れをぶら下げていた。その左の乳下に小刀が突き立っていた。

歳の頃は三十四、五か。職人にしては端整な顔をし、刃物を抜こうとして伸ばした右手の指先も白かった。そして、顔には驚きともなんとも表現のしようのない表情が残っていた。

「巾着はどうだ」

仙右衛門の問いに長吉が、

「へえっ、この通り五両ばかり入った革財布が懐に残っておりました」

「蜘蛛道の辻でいきなり刺した野郎が煙草入れにも財布にも目をくれてねえ。物取りではないな」

「まずは」

と長吉が答えた。

幹次郎は提灯を借りて秀次が倒れていた辺りを調べた。土の上に秀次の骸を引き摺った跡が残され、血が混じっていた。

秀次は発見された場所から数間離れた蜘蛛道の辻で何者かによって刺され、曙湯の薪置き場まで引き摺られて隠されたようだ。相手はひとりとみえて、草履の跡がいくつか残っていた。

「殺した相手は秀次の知り合いやもしれぬな」

幹次郎はそんな気がして、口にした。

「秀次は名人気質のからくり提灯造りでねえ、弟子になりたいという者も何人かいましたが、長続きしませんので」

「それはまたどうしてかな、番方」

仙右衛門らは秀次を承知か、話を続けた。

「なにしろ口も悪いが手も早い。癇に障ると手当たり次第にそこいらにある道具を摑んで殴るんだそうです。それで弟子はすぐに尻を割ることになる。辞めた弟子は五、六人じゃあききそうにありませんや」

そう幹次郎に説明した仙右衛門は長吉らに、

「会所に運べ、表通りの客に悟られるんじゃねえ」

と命じた。

吉原会所の土間に敷かれた筵の上にからくり提灯師の秀次の骸が横たえられ、面番所の同心村崎季光が立ち会って検視が行われた。

秀次の心臓を貫いた凶器は職人の道具のようで、竹などを削る刃渡り四寸(約十二センチ)ほどの細身の刃物だった。

幹次郎は少し離れた場所から検視の様子を見ていた。すると座敷から人の気配がして振り向くと四郎兵衛がいた。

「玉菊の初日だというのに縁起でもないことが起こりましたな」

「からくり提灯で食っている職人がおるとは初めて知りました」

「いえね、秀次は特別です」

「玉菊灯籠だけを造って暮らしていけるものですか」

「秀次には大所の茶屋が何軒かついておりましたからな、それなりに暮らしていけたでしょうよ。それでも秀次は材料を購うのに金に糸目をつけないんで、そう金が残ったとは思いませんがねえ」

「こたびも秀次のからくり提灯を使う茶屋は何軒もあったのですね」

「七軒茶屋の天神をはじめ、三つ四つは手がけておりましょう」

と答えたとき、面番所から出張った南町の隠密廻り同心村崎が秀次の骸の傍から立ち上がり、

「四郎兵衛、こやつ、女癖が悪いというぞ、大方そんな辺りに殺された曰くがあるのではないか、調べてみよ」

と横柄な口調で言い残すと、さっさと会所を出ていった。

玉菊灯籠の初日、吉原から面番所には二の膳つきの料理と酒が供されて待っていたのだ。

「ちえっ、ちったあ仏のことを考えて働くがいいじゃねえか」

と長吉が吐き捨てた。

「長吉、われらが勝手に動けるのも村崎様のように骨抜きにされた役人が勤めておられるからですよ」

「七代目、それは分かっているんですが」

長吉の視線は秀次にいった。

検視をしていた三ノ輪町の医師榊原玄沢が、

「七代目、説明の要もあるまいが心臓をひと突き、それが命を奪う傷になった。

おそらく刺された直後に絶命しておりましょう」

と言いながら宗吉が運んできた木桶の水で手を洗った。

「ご苦労にございました」

仙右衛門が玄沢を見送る体で会所の戸を開いた。するとそこに女が立っていた。

女髪結のおせんだ。

「秀次さんが殺されたって曙湯の釜番さんに教えられたんです、まさかそんなことはございませんよね」

おせんは医師の玄沢を強張った顔で見ながら訊いた。

吉原の髪結で身を立てているおせんは二十三、四の愛らしい顔の持ち主で、ぽっちゃりとした体つきをしていた。取り立てて美形というわけではないが、男好きのする顔立ちともいえた。

「入りねえな」

仙右衛門が仲之町の人込みにちらりと視線をやっておせんを中に入れた。

おせんは土間に寝かされた骸を秀次と直ぐには見分けられないようで、必死の形相で眺めていたが、

「秀次さん」

と呟いた。そして、その直後、わあっという叫び声を上げて、秀次の骸に取り縋った。

おせんが落ち着きをなんとか取り戻したのは四半刻後のことだ。おせんは座敷に上げられ、番方仙右衛門の調べを受けた。

その場には四郎兵衛も幹次郎も長吉も立ち会った。

「まずはおめえと秀次の関わりから聞こうか」

いきなり仙右衛門に尋ねられたおせんは身を強張らせたが、

「男と女の間柄にございました」

と吉原で髪結をする女らしくきっぱりと答えた。

「おめえの元の男は秀次の弟子だった鳶の助八(すけはち)だったな」

「はい」

おせんは悪びれた様子を見せなかった。

「助八と別れ、その師匠の秀次に乗り換えた経緯を聞こうか」

「こたびの殺しに関わりがございますので」

「おせん、今のところはなんとも言えねえ。おれたちの仕事はまずすべてを聞き出すことだ」

おせんは頷くと、

「助八さんが秀次親方のもとへ弟子入りした直後、私は橋場町(はしばちょう)の仕事場に助八さんの様子を見に行きました。ところが助八さんはすでに秀次さんのもとを出されていたのでございます……」

「……助八さんは弟子入りして数日と経っていません」

おせんは秀次に詰め寄った。

「一日だろうと二日だろうと見込みのない奴は早々に追い出す。それにしてもおめえの男は鈍(どん)な男だったぜ」

おせんは、

きいっ

として秀次を睨んだ。

「奥の座敷に助八の持ち物があらあ、持っていってやんな」

秀次は仕事場の奥にある部屋を顎で指した。

「風呂敷包みがふたつ、おめえなら野郎の持ち物の区別がつこう」

おせんは仕事場の床に商売道具を置き、奥座敷に通った。だが、座敷とは名ばかり、描き損じた紙や竹ひごなどが山積みされていた。

おせんは直ぐに助八の持ち物の風呂敷に目を留めた。風呂敷の中身を調べたものかどうか迷っていると背後に人の気配がした。振り向くと同時に秀次が抱きついてきて、後ろから絡めた片足でおせんをその場に転がした。

「な、なにをするんです」

「あんな気の利かねえ相手と一緒になっても見込みはねえぜ、おれの持ち物になりな」

必死で抵抗するおせんを秀次は巧妙に責め、帯を緩め、裾を押し広げた。

二

「……手籠め紛いにそなたを犯したというのか。それが今じゃあ、秀次が殺されて涙を流す女に鞍替えしたか」

「会所の番方の言葉とも思えませんね。嫌い合い、憎しみ合った男と女が肌身を合わすうちに惚れ合うこともございましょう」

「違いねえ、おめえたちもそんなひと組だったというんだな」

「嫌な奴でしたよ。ですが、からくりと女を泣かす技をとことん承知の男でした。私が涙を流したのは秀次の技にかもしれません」

頷いた仙右衛門は問いを変えた。

「助八がどうしているか承知か」

「この殺し、助八さんにできることではありません」

「会所はすべてを知るのが務めと言ったぜ」

「女を寝取られるような奴には鳶は務まらないと仲間に罵られて、親方のところにも戻れず、浅草三間町の裏長屋で棒手振りをしていると風の噂に聞きました」

「おせん、秀次を殺った奴に心当たりはねえか」

「我儘な人でしたから、からくりの注文主だろうとなんだろうと気に入らなきゃあ、怒鳴りつけ突っかかっていきました。秀次を嫌う人はたくさんいたと思います。でも、殺しとなると……」

おせんは首を傾げた。

「からくり提灯は今朝方までに飾りつけを終えていたはずだ。秀次はなんで吉原に、それも蜘蛛道に戻ったんだ。理由を知らないか」

「日ごろから、からくりに灯りが入ったところを見ずとも出来は頭で推測できる、それも寸分の狂いもねえと威張ってました。それがなぜ大門を潜ったか知りません」

「おめえたちは一緒に住んでいたか」

「いえ、女と一緒に暮らすと仕事に障ると言って一緒には住んでくれませんでした。なあに、それは口実で、他にも女がいて、会うのに差し支えがあるからだと思います。私は昔からの三ノ輪の長屋住まいを続けてきました」

「聞けば聞くほど秀次って男はいけすかねえ野郎だな」

「女はそんな男に惚れるものです」

と言い切ったおせんは、今度は秀次の亡骸を冷めた目で見つめた。

吉原会所の面々は仙右衛門に命じられ、からくり提灯を頼んでいた茶屋や仕事仲間などに訊き込みに走った。

幹次郎と仙右衛門は五十間道から山谷堀を越えて、橋場町の秀次の仕事場を訪ねた。そこは長屋ではなく、総泉寺の家作の一軒で、本来は妾宅として貸すつもりで建てた二階家だった。それだけに板塀が巡らされ、小さな庭もあってなかなか小意気な感じの佇まいだった。

ふたりは用意していった会所の御用提灯の灯りを頼りに家の中に踏み込んだ。すると仕事の道具や絵の具や竹、板などの材料が乱雑に散らかり、足の踏み場もない光景が灯りの下に浮かんだ。

「からくり仕事は綺麗だが、仕事場はひでえな」

仙右衛門が漏らし、さらに奥へと進んだ。おせんが手籠めにされた部屋だろう、片隅に夜具が積んであった。

二階の階段を上がった。すると綺麗に片づけられた小座敷には一輪挿しに桔梗が生けてあった。

「二階は整理がされていますぜ」

「番方、おせんも漏らしておったが、他に女がいたようだな。ここは女の手が入っておる」

仙右衛門が襖を開いた。すると八畳間に置かれた長持と夜具が目に入った。夜具は絹布団で上物だ。こちらも掃除が行き届いていたが、長持の蓋は開かれたままだった。

「おれたちの前に入り込んだ者がおるようです」

長持の中の秀次の綿入れや袷が乱暴にいじられ、なにかを探したような痕跡が残っていた。

「秀次の持ち物をだれぞが持ち去ったか」

「金子であろうか」

「そうは思えませんね」

仙右衛門が応じ、幹次郎も首肯した。

ふたりは手分けして二階を捜索した。長持の衣装をすべて取り出し、中身を畳の上に広げて調べた。秀次はなかなかの洒落者だったとみえ、綿入れ、袷、単衣とひと通りのものが揃っていた。

「女に貢がせたかねえ」

仙右衛門の感想だ。

幹次郎は空になった長持を見ていたが、あることに気づいた。

「番方、この長持、隠し底があるとは思わぬか」

仙右衛門の目が光り、

「たしかだ。内と外の丈には一寸（約三センチ）か一寸五分（約四・五センチ）の違いがございますな」

隠しの底を開こうと長持のあちらこちらを仔細に点検したあと、幹次郎が金具の左右を同時に押すと長持の内底が跳ね上がる仕掛けを見つけた。

「秀次本人の細工でしょうね」

隠しには畳紙に包まれたものが入っていた。

仙右衛門が畳紙をそっと持ち上げ、畳に置くと開いた。

「これは……」

吉原会所の番方が絶句する極彩色の枕絵、春画であった。それもかなりの量だ。

「わっしらは務めが務めだ、この類の枕絵にはさんざお目にかかっていますがねえ、これほど大判で微細に描き切った危な絵は初めてだ」

仙右衛門がぱらぱらと危な絵を捲った。数にして二十数枚、女は六人、描かれている男はすべて秀次当人だ。そのうち、一枚に描かれた女はおせんだった。

「秀次に強引に手籠めにされた女たちはその様子を詳細に描いた絵を見せられ、観念したんでしょうな。おせんは惚れたなどと言ったが、こいつがあったから付き合いを続けてきたんだ」

仙右衛門が言いながら、

「こいつなんぞは表に出るとひと騒ぎありますぜ」

と幹次郎に見せた。

幹次郎は四つんばいにさせられて喘ぐ女の顔に見覚えがあった。

「仲之町の引手茶屋瑞穂の若女将おそよでさ、おそよも秀次の毒牙にかかった口かねえ。その他、ふたりばかりはおれが承知の女だ」

「瑞穂は秀次にからくり提灯の製作を頼んだ引手茶屋ではなかったか」

「いかにもさようでした」

仙右衛門は危な絵を畳紙に包み込み、幹次郎は長持を元通りに戻した。

「こいつは表に出せませんよ」

と四郎兵衛が言った。

仙右衛門と幹次郎とが持ち帰った枕絵を調べた、七代目の結論だった。

「それにはわっしも異存がございません」

番方が応じ、

「だが、七代目、秀次が殺された直後に秀次の家が荒らされたのだ。ここに描かれた女が殺しに関わっていると思いませんかえ」

「まず間違いなかろう」

この場には七代目の他に仙右衛門と幹次郎しかいなかった。

「番方、瑞穂の若女将おそよの他、あとふたりは吉原の女だねえ」

「へえ」

「残りの三人のうち、ひとりが髪結のおせん、あとのふたりが遊里の外の女だ。どこから手をつけるにしても肝心なところは番方と神守様のふたりでやってもらうしかないな」

四郎兵衛は長吉ら若い衆には深くは関わらせないと言うのだ。

「この枕絵は私が預らせてもらうよ」

仙右衛門は頷き、幹次郎が願った。

「四郎兵衛様、絵はようございます。畳紙をそれがしに預らせてくれませぬか」

「畳紙をどうなさる」

「秀次の家を出たとき、なんとなくですが見張られているような感じがしたのです。もしそやつが最初に忍び込んだ者なれば、帰り道に姿を見せるかと考えましたので」

「神守様、わっしは迂闊にも気がつきませんでした」

「いえ、勘違いかもしれぬ。念のためです」

「神守様、玉藻にこれと似た畳紙を用意させます」

四郎兵衛の言葉に仙右衛門が立ち上がった。

幹次郎が路地から江戸町一丁目に出たとき、引け四つ（午前零時）の拍子木(ひょうしぎ)が鳴らされた。ということは大門が閉じられる刻限だ。さすがにこの刻限になると仲之町の玉菊灯籠の灯りも消され、遊客の姿も見えなかった。

幹次郎は畳紙を両手に捧(ささ)げ持って通用門から五十間道に出た。曲がりくねった道にも人影はなく、外茶屋の軒先で猫が背伸びをしていた。

幹次郎は田町の左兵衛長屋へと戻るために、五十間道を見返り柳へ向かって上った。

首筋を撫でる夜風に秋の気配が混じっていた。

日本堤に出ると、山谷堀の水面から吹き上げる風がさらに冷たく感じられた。

幹次郎は畳紙を両腕に抱えて無心に進んだ。

前方から駕籠が一丁、必死の形相で進んできた。だが、いくら急ごうと最早(もはや)大門は閉じられていた。

幹次郎は土手八丁の路傍に避(よ)けて駕籠を通した。

その駕籠が傍らをすり抜け、幹次郎がふたたび歩き出そうとしたとき、土手八丁にある編笠茶屋の暗がりから人影が飛び出してきた。

頬被りをして顔を隠した男は背を丸めて片手を突き出した。

その手に匕首が光っていた。

幹次郎は畳紙を突っ込んでくる男の前に投げると体を開いて切っ先を躱した。

空（くう）を切った男が数間先で、

くるり

と反転してふたたび匕首を構え直した。その様子は修羅場（しゅらば）を潜ってきた経験があることを示していた。

「そなた、秀次の隠しものに関心があるか」

男は答えない。

「秀次が残したものは吉原会所が押さえた。それがしが大事そうに運んできたのは畳紙に奉書（ほうしょ）を入れた偽物だ」

糞っ！

と吐き捨てた男は姿を見せたときと同じように敏捷（びんしょう）にも編笠茶屋の暗がりへ飛び込んで姿を消した。その後を仙右衛門が尾行する手筈（てはず）になっていた。

幹次郎はなにごともなかったように投げ捨てた畳紙を拾い、左兵衛長屋へと向かった。


翌朝、朝餉を終えた幹次郎と汀女のところに訪問者があった。

足田甚吉とおはつだ。

「どうしたな、朝早くから」

甚吉の顔の殴られた痕は腫れが引き、痣も薄れていた。

「うん、おはつさんがどうしても仲人の件を一緒にお願いしたいと言うので顔を見せた。おれは幹やんと姉様に仲人はすでに頼んであると言ったのだがな」

と甚吉が訪問の理由を説明した。

「神守様、先日は危うきところお助けいただきまして真に有難うございました」

おはつは言うと汀女に、

「汀女先生、こたびは無理なお願いを申します」

と持参した風呂敷包みを解いた。

本所回向院前の伊勢屋が売り出したという、

「花饅頭」

の入った杉箱だ。

「これはご丁寧に」

汀女がおはつから受け取り、

「幹どの、噂には聞いておりました。一度賞味してみたかった饅頭にございます」

とにっこり微笑んだ。

「姉様、お持たせもので悪いが茶を淹れ直して、皆で食せぬか」

「おはつさん、この場で開けてようございますか」

「うちのお客様から噂を聞いただけの饅頭にございます、私もまだいただいたことがございません」

と破顔した。

早速汀女が鉄瓶の湯で茶を淹れ始め、幹次郎が訊いた。

「甚吉、祝言の日取りは決まったか」

「日取りもなにも早いほうがいい。おれはすでにおはつさんの長屋に転がり込んだ」

「猫の子をもらうわけではないのだぞ。黄道吉日を選んで祝言を挙げるのがよかろう」

「幹やん、姉様と祝言を挙げたか」

「われらは豊後岡藩を逐電(ちくでん)したふたりだぞ、追っ手のある身で祝言など挙げられようか」

「祝言を挙げずとも幹やんと姉様は仲睦まじい。形にこだわったからといって先々幸せになるとはかぎるまい」

「それは理屈だ。祝言を挙げられるなれば挙げたほうがよかろう。相模屋には相談したか」

「おおっ、それで思い出した」

と甚吉が膝を打った。

「お待たせしました」

と汀女がお持たせものの花饅頭と淹れ立ての茶を三人に供した。

ふんわりとした米粉の皮に紅色の花が描かれてあった。

「これは美味(おい)しそうな」

ひと口食した幹次郎が、

「甚吉、話の腰を折ったな。相模屋はなんと申した」

「旦那の周左衛門さんがな、いくらなんでも九尺二間(くしやくにけん)の長屋で祝言もなかろう。

うちの座敷を使えと言い出されたのだ」

「茶屋なれば座敷はいくらもあろうが、われらもそこまでは考えておらなかった。姉様、どうしたものかな」

幹次郎は汀女に考えを質した。

「相模屋様の座敷ですか。祝言の舞台としては申し分ございませぬが、招客のほうはどうなります」

「おれは幹やんと姉様が立ち会われればそれでよいと考えておったが、相模屋で挙げるとなれば旦那も女将さんも呼ばぬわけにはいくまいな」

と甚吉も思案した。

「おはつさん、そなたの両親や親類縁者はどうなさいますな」

汀女がそのことを訊いた。

「もはやご存じのように一度は嫁に出て、そこから追い出された女にございます。お父つぁんやおっ母さんや親類縁者を呼んで盛大になどとは考えておりませんでした」

おはつも相模屋が祝言の場となることに腰が引けていた。

「できることとなれば内々で済ませとうございます」

よし、と答えて茶を喫した幹次郎は、

「姉様、ご足労じゃが相模屋に立ち寄り、旦那どのらと話し合ってくれぬか」

「幹どの、そなたは参られぬのですか」

「それがしより姉様のほうが信頼はあるでな。それにからくり提灯師の秀次の一件がある、会所で番方が待っておられるのだ」

「致し方ございませぬ」

と汀女が請け合った。


この日、幹次郎が会所に顔を出したのは午前のことだ。汀女、甚吉、おはつと一緒に相模屋の前まで一緒に行き、そこで別れた。

会所にはちょいとばつが悪そうな仙右衛門がいた。

「神守様が折角誘い出された野郎にまんまとどじを踏まされました。いえね、奥山に入り込んだところまでは尾けたんだが、どこでこっちに気づいたか、夜中ひっそり閑とした芝居小屋の筵を捲って中へと入り込み、こっちが中に潜り込んだときにはふたたび外に逃げたあとだ。なんとも面目ない」

仙右衛門が謝った。

「それはとんだ災難でしたな」

「その代わりといってはなんだが、危な絵に描かれたふたりのうち、ひとりの女が分かった。仕出し屋かどやの娘、おひろですよ」

「そいつは上出来だ」

「それとさ、引手茶屋瑞穂の若女将おそよの一件ですがね、あそこのからくり提灯を秀次が手がけるようになったのはこの秋からだそうです。それまでは浅草寺門前の提灯屋灯り屋に出入りの職人恒五郎が請け負っていたんで。それを秀次が手がけるようになり、恒五郎と秀次は揉めて、喧嘩沙汰になったようなんですよ。恒五郎は職人の筋を通す頑固者ですからね、よほど腹に据えかねたんでしょうよ。どうやらこの一件、おそよが一枚噛んでますぜ」

と言うところに長吉が表から飛び込んできた。

「番方、神守様、面番所が助八を秀次殺しの下手人としてひっぱりやがった。なんでも医師の玄沢からおせんがこっちに訪ねてきたことを知り、秀次と助八の間柄を調べたようだ。なんでも秀次を刺した小刀が、秀次に弟子入りしていたころに助八の持っていた道具とよく似ていると言うんですがね」

「えらく大雑把な話だねえ」

顎を撫でた仙右衛門が、

「長吉、助八にはしばらく我慢してもらうしかあるめえ」

と言い、

「神守様、出かけますか」

と幹次郎を誘った。

三

仲之町の引手茶屋瑞穂は、半籬（中見世）の妓楼に客を送り込む茶屋だったが、客筋がよく内証も豊かと遊里では噂されていた。

間口六間（約十一メートル）の引手茶屋の前にからくり提灯の名人秀次が作った仕掛けがあった。

夫婦の鯉の滝登りの図柄だが、なにしろからくり提灯は二階の軒全体を占めて迫力に満ちていた。それに灯りが入ると、鯉の表情が変わるとか、評判を呼んでいた。

幹次郎は秀次を名人と呼ばせたのは大胆にして細密な色遣いだと、夫婦鯉の滝登りの絵を見ていた。

からくりの中と外から光が点されると、微妙な陰影が生じて生き物のように絵が動くのだという。

昼見世にも早い刻限だ。

仲之町はどことなく弛緩した空気が漂っていた。

まだ秀次の一対の鯉も眠っているようだった。

引手茶屋から仙右衛門と小粋な小紋を着たおそよが姿を見せた。

「なんですね、会所の番方がからくりに関心を示すなんてさ」

中年増のおそよは細身で小柄なせいか、遠目には二十二、三そこそこに見えた。それと顔も小振りでまるで人形のように整った顔立ちだった。亭主の伊右衛門は四十の半ばだという。

「こちらのからくり職人は今年から秀次に替わったそうですね」

「ええ、去年までは恒五郎さんが手掛けてくれてたんですがね。今年は趣向を変えようと秀次さんにお願いしました」

「さすがに秀次だ、なんとも生きがいい鯉だぜ」

と呟きながら鯉の滝登りに目をやった仙右衛門が、

「秀次が殺されたって話は承知ですね、おそよさん」

と視線をおそよに戻した。

「蜘蛛道でそんなことが起こるなんて怖い話じゃありませんか。番方、下手人に目星はついたんですか」

おそよは平然と仙右衛門の顔を見返した。

「そのことでおそよさんのところに訊きにきたんだがねえ」

「なんで私がからくり提灯の職人のことを訊かれなきゃあならないのかしら」

「曙湯の近くの蜘蛛道に秀次を呼び出したのはおそよさん、おまえさんだって噂が流れていてね」

「番方、変な言いがかりはよしておくれな。いくら会所の番方とはいえ嫌がらせなら亭主の伊右衛門を呼びますよ」

「うちは構いませんぜ、おそよさん」

おそよが、
きいっ
とした顔で仙右衛門を睨んだ。一瞬顔の表情が人形から夜叉(やしゃ)に変わったように目尻が釣り上がった。

「おそよさん、会所は秀次とおめえさんの仲を承知だ」

「言いがかりだよ」

　と言うおそよの語調が弱まっていた。

「昨夜、秀次の家を調べた。この神守様とふたりでねえ」

「……」

　おそよの目線があちらこちらとさ迷い、

「だからなんだというんだよ」

　と問い返した。さらに言葉から力が失せていた。

「おそよさん、この一件を承知なのは神守様と七代目、それにあっしの三人だけだ。遊里の不始末は遊里でつける、これが会所の定法だ。表沙汰にしなくていいものは出さない、知らせない。それがあっしらの心意気だ。あんたも知らないことはあるめえ」

　おそよは迷うように仙右衛門を、次いで幹次郎を見た。

「秀次に手籠めにされたか」

「ふうーっ」

　とおそよは肩で息を吐いた。そして、顔に初めて不安の色を滲ませた。

「番方、絵は」

「会所が押さえた。外には金輪際出さないと七代目も仰っている」

「番方、旦那には内緒に願います」

「言うまでもねえ」

「秀次と私は川向こう、本所松倉町の同じ裏長屋で育ったんですよ」

「幼馴染でしたかえ」

「私が吉原に売られるために長屋を出たのが十四の歳、その前夜、秀次は金を作って迎えに行くぜなんて気障なことを言いましたっけ。吉原で禿になった私でしたが、芸事がからっきしでねえ、小見世から女郎として出されようとしたのを旦那がおれのところにと引き取ってくれて、十八のときに女房にしてくれたんですよ。前の女将さんが長患いのあとで一年も前に亡くなっていましたからね。旦那は、私が女郎より金勘定に長けていることを見抜いていたのかもしれません、金勘定と商いは私に合っているんです」

とおそよは胸を張った。

「それで」

仙右衛門が素っ気なく先を促した。

「別れて十数年後、茶屋の女将になった私の前にからくり職人になった秀次がふらりと姿を見せて、おそよ、おまえの茶屋のからくり提灯をおれにやらせろと言ってきたんです」

「おそよさん、いつのことだ」

「去年の玉菊灯籠が終わった時分です」

「それでどうしなすった」

「旦那に相談したら、うちは恒五郎が長年手掛けてきたんだ、秀次の評判がいいからってそうそう乗り換えられるかと断られましたよ。それで秀次の家に旦那の返事を伝えに行ったんです。そしたら、秀次が鼻でせせら笑って、おそよ、頼み方が甘いなと言うと私を仕事場の奥に抱え込み、いきなり手籠め同然に犯したんです」

およそのことは察していたがな、と仙右衛門が答え、

「おそよさん、秀次は女を泣かす技に長けていたそうですな」

と訊いた。

おそよの顔が赤らんだ。

「どこで覚えたんだか、一丁前の悪(わる)でしたよ」

「手籠めにされたあと、旦那にまた頼みなすったか」

「秀次とは同じ長屋で育った幼馴染です、うちで仕事をやらせてください、評判にもなりますと何度も頼んだ末に旦那が首をようやく縦に振り、この夫婦の鯉の滝登りが造られたんですよ」

「大体の様子は分かりましたぜ」

と仙右衛門が答え、

「おそよさん、秀次から、からくりのお代とは別にいくら搾（しぼ）り取られた」

「五十両ほどです」

「昨夜、おまえさんが秀次を呼び出したか、呼び出されたって話はどうだ」

「番方、そればかりは嘘だねえ。第一さ、玉菊灯籠の初日の晩に引手茶屋の女将がふらふらと蜘蛛道なんぞに入り込めるものか。書き入れ時ですよ、そんな暇があるものか、うちの者にでも尋ねて調べるんだねえ。私が茶屋から一歩も出られなかったことをさ」

「おめえさんの言葉を信じようか」

「仙右衛門さん、枕絵は外に出ることはないだろうね」

おそよがふたたびそのことを案じた。

「ねえぜ」

と確約した仙右衛門が幹次郎を見た。

「女将さん、秀次はあの絵をいつ見せたな」

「手籠めにされたあと、二度目に呼び出された折り、私はうっちゃっておきました。そしたら、旦那におめえとの交合の模様を描いた危な絵を送りつけようかという文をもらい、慌てて家に駆けつけるとあの絵を……」

「いつのことです」

「今年の春先のことです」

「今ひとつ訊くが、恒五郎がこちらになんぞ文句をつけてきたことはありますかな」

「ございません、うちは仕事先ですから。ただ、秀次から恒五郎に職人の仁義に反すると怒鳴りつけられたと聞いたことがございます」

「秀次はどんな様子でしたな」

「いつものように鼻でせせら笑って、職人は腕の差で物事が決まるという道理を知らない野郎だぜ、と吐き捨てましたっけ」

幹次郎がおそよに、さらに仙右衛門に頷いてみせた。

吉原を出た仙右衛門と幹次郎は、恒五郎が出入りしていた浅草門前町の提灯屋
灯り屋を訪れた。そこで恒五郎の評判を聞くと番頭が、
「恒五郎ですか、一言で言えば生き方は不器用、鈍臭いかもしれませんね。だが、
職人は鈍なくらいがちょうどいいんです。納期は必ず守る、仕事は丁寧、うちに
とっては使いやすい職人でした。だが、からくりとなると目の色が変わってねえ、
出来に納得できないと、なかなかうんとは首を縦に振りませんでしたな」
「瑞穂の一件だが、秀次に職人を替えられたと知ったときの恒五郎の様子はどう
でした」
「それは血相が変わり、秀次の野郎、ぶっ殺すなんて物騒な言葉を吐いていまし
たっけ。だが、番方、間違わないでくださいよ。そんなことができる恒五郎じゃ
あございませんから、根は至って気の優しい男ですから」
ふたりは恒五郎の長屋の在り処を聞いて、そちらに向かった。
恒五郎は真砂町の裏長屋の井戸端で、仕事の道具を手入れしていた。小刀や
鑿に研ぎをかけていたのだ。
「恒五郎さん、秀次が死んだのは承知だな」

番方のいきなりの問いに恒五郎が、

えっ

という表情を見せた。

「おまえさんかえ、殺ったのは」

「番方、冗談を言うねえ」

「おめえと秀次が揉めていたというのはだれもが承知だ」

「世の中、揉めごとぐらいで人を殺すなら、江戸じゅうに骸がごろごろしていますぜ」

「違いねえ」

「秀次はほんとに死んだのか」

「ああ、職人が使いそうな小刀で心臓をひと突きされて殺されていた」

「番方、言っておくがおれの道具はこの数年来一本だって欠けてないぜ。おれは人殺しに道具は使わねえ」

恒五郎の道具は丁寧に手入れがされていた。

「恒五郎さん、ゆうべはどこにいなさった」

「夕餉(ゆうげ)を食ったあと、長屋の連中とへぼ将棋(しょうぎ)だ。それが終わったのが五つ半

（午後九時）過ぎのことだ。その後、小便して寝た。だれでもいいや、長屋の住人に訊いてみな」

仙右衛門は、じいっと恒五郎を見ていたが、

「分かった」

と答えた。すると恒五郎がまた訊いた。

「野郎はほんとうに死んだのかえ」

「信じられねえか」

「秀次が殺されたって知らされても驚きもしねえさ。だがな、番方、悔しいが野郎のからくり提灯は後世に残る仕事だ。そいつが見られないと思うと惜しいね」

「来年の玉菊灯籠にはふたたびおめえの出番が回ってこようじゃないか、今から工夫を凝らして秀次の仕事を見返しな」

「ああ、そうする」

恒五郎が自分に言い聞かせるように何度も頷いた。

ふたりは浅草寺門前、広小路に出てきた。

「神守様、おそよ、それに恒五郎と会ったが、どうお考えで」

「おそよのことは正直分からぬ。だが、玉菊灯籠の初日に引手茶屋の女将が外に出ることが叶わないのはたしかだ。もしおそよが動いたとしたら、殺しをだれかに依頼するしかあるまい。だが、それは決して恒五郎ではないような気が致す」

「わっしも恒五郎はこの際、下手人から省いていいと思います。さておそよだが、こちらもね」

と仙右衛門が首を捻った。

「われら、どこか方向違いを探索していたのではないか」

「どうやらそのようですね。となると、残る五人の女のうち、おせんは後回しにしますか」

「仕出し屋かどやの娘のおひろ辺りから調べるか」

「かどやは五十間道北側だ」

ふたりは浅草寺の境内を突っ切り、奥山を抜けようとした。すると仙右衛門が忌々しげな口調で、

「昨夜、おれがどじを踏まなきゃあこんな苦労はしなかったものを」

とぼやいた。

「あやつの動きを思い出しておるのだが、堅気の者ではない。かといってやくざ

者とも違うような気がするのだ」

「きびきびした野郎でしたよね」

「ともかく秀次には敵が多いのだ、一つひとつ潰していくしかあるまい」

そう言いながら奥山を抜けたふたりは浅草田圃を突っ切り、浅草溜の前を過ぎて、左兵衛長屋の前に出た。すると相模屋から戻ってきた様子の汀女とばったり会った。

「姉様、相模屋はなんと申しておった」

「八朔さえ過ぎてしまえば、昼間に座敷を使うのは一向に差し支えない。内々にしたいというのなら、それも構わぬ。人数分の祝い膳はうちで用意するという有難いお話でございました」

「それもこれもおはつさんが真面目に働いてきたお陰であろう」

「相模屋の旦那様と女将さんは奉公人の祝言、必ず出ると張り切っておられました」

「姉様、仲人だがな、われらより相模屋の主夫婦の方が相応しいのではないか」

「私もそう申しました。ところが相模屋の主どのはこたびの婿の足田甚吉は神守幹次郎と私の同郷で古くからの知り合い、こればかりは神守夫婦でなければ務まりませぬとお受けにならないのです」

汀女が眉を寄せて困惑の表情をした。

「神守様、汀女先生、こたびは致し方ございませんよ、おふたりが月下氷人(げっかひょうじん)のお役を務めなせえ。きっと花嫁花婿よりおふたりの仲人ぶりが評判になりますぜ」

と仙右衛門までが笑って勧めた。

「それがし、仲人の衣服とて持ち合わせがないぞ」

「花の吉原の会所が後ろ盾ですよ、羽織袴だろうと継裃(つぎがみしも)だろうといくらでも用意しますぜ」

「致し方ないか」

「ございませぬ」

仙右衛門の止(とど)めの言葉に、

「姉様、覚悟を致そうか」

と言うと汀女が頷いた。

仙右衛門が仕出し屋かどやの娘のおひろを、三ノ輪に向かう途中の日本堤に呼び出した。おひろは吉原会所の番方と用心棒の裏同心に呼び出されたというので緊張に身を固くしていた。

おひろは二十二歳、すらりとした容姿の美形だった。

「おひろさん、おまえさんには嫌な話だろうが、わっしらを信用して話してくれねえか。からくり提灯師の秀次のことだ」

「秀次さんがなにか」

「殺されたのを承知か」

おひろは、ぽかんとした顔つきをした。

「秀次さんが死んだ」

「昨夜のことだ。おまえさん、どうしてなさった」

「昨夜は品川宿の叔母(おば)の家の法事に行き、今朝方戻って参りました。お父つぁんやおっ母さんと一緒です。訊いてください」

と答えたおひろは、

はっ

として気づき、身を竦(すく)めた。

「秀次さんとのことは絶対に親に内緒にしてください」

頷いた仙右衛門が、

「なぜ秀次なんて悪と知り合いになんなすった」

「秀次さんにからくり提灯の絵に描きたいからと誘われたのが切っ掛けです」

「その日のうちに手籠めにされたか」

おひろの顔が下を向いて小さく返事をした。

「はい」

「おまえさんと秀次の絡み合いが絵にされていたのを承知か」

「はい」

「もはや秀次はこの世の者ではねえ、絵は会所が押さえて外に漏らすことはない。おまえさんが秀次を殺してなきゃあ、心配はいらねえぜ」

「私は秀次さんを殺してなんかいません。昨夜は品川宿におりました」

「ならばもはや案ずることはねえ、行きなせえ」

「番方、有難うございます」

おひろはふたりに頭を下げると土手道から下っていった。

四

探索は行き詰まった。

秀次が自ら演じ、描いた危な絵の相手六人の女をすべて調べたが、殺しに関わった女はいないように思えたのだ。

玉菊灯籠を見物する客は日に日に増えていた。

灯籠も十三、十四日の休みを挟んで模様替えが行われるが、からくり提灯は別だ。そんな最中に七夕を迎えるので、その七夕の笹竹を売る売り子が吉原にも姿を見せていた。

玉菊と　七夕が出会う　仲之町

幹次郎の頭に五七五が浮かんだ。

そのせいでもあるまいが、幹次郎は秀次の造ったからくり提灯をふたたび見て回った。これで何度目か。恒五郎が言った、

「番方、悔しいが野郎のからくり提灯は後世に残る仕事だ」

という言葉が気になったからだ。

達人は達人の芸を理解し、職人は職人の技を認める。

幹次郎は秀次の凄みが細部までは分からなかったが、恒五郎の職人としての嫉妬はなんとなく察せられた。

同業の者が嫉妬するほどの技が、殺しに走らせてはいないか。

幹次郎はふと、秀次はどこでからくり提灯の技を修業したかと思った。

仲之町を大門に向かうと清掻の調べが響いてきた。

夜見世の刻限だ。

七軒茶屋山口巴屋の前に仙右衛門と長吉が立っていた。

幹次郎は思いついたその疑問をふたりの前で口にした。

「秀次の弟子入りした先ですか」

「どこに弟子入りしようとこたびの殺しとは関わりがないかもしれぬ。だが、探索の手詰まりもあってな、ふと気になった」

「長吉、会所に秀次の川向こうの長屋の所書きが残っておる。神守様の気になられることを調べてくれぬか」

へえっ、と答えた長吉が会所に飛び込んでいった。

汗まみれの長吉が戻ってきたのは五つ半の刻限だ。

幹次郎はまだ会所にいて、長吉の帰りを待っていた。

「番方、神守様、秀次が弟子入りしたのは永代寺の門前町にある提灯屋の地口屋でしたぜ。十八歳と弟子入りしたのは遅いが、あっという間に仕事を覚え、親方の覚えもよかったそうだ。野郎が地口屋にいたのは八、九年余りだ。秀次はこの歳月のうちに、年季の入った兄貴分の技をはるかに超えたそうな」

長吉は一気に言った。

仙右衛門が茶を淹れて長吉に差し出し、

「まあ、喉を潤して話しねえ」

頷いた長吉は茶碗を手にしたが、口には持っていかなかった。

「ひょっとするとひょっとするぜ、番方」

「神守様の勘が当たったたか」

「地口屋の弟子に兄貴分で龍助というのがいた。秀次は龍助と同じ道を辿り、地口屋を辞めると川を渡って吉原に引っ越したらしい。最初は龍助のもとに世話になったそうな。龍助は玉菊のからくり提灯の仕掛けをやりたくて、こっちに来た職人だったんで」

「龍助ってからくり提灯師の名は聞いたことがないな」

仙右衛門が首を捻った。

「番方、そいつは仕方がねえことだ。龍助は慎重な職人らしく仕掛け百種を創案したあとにからくり提灯師の看板を上げるはずだった。ところが三、四年前に流行り病でぽっくりといきやがった。龍助の死んだあとで分かったことだが、からくりの仕掛けと工夫を描き残した画帳がそっくりと消えていたそうな」

「秀次が兄貴分の画帳をくすねたか」

「昔の提灯師仲間は、秀次の作とされる玉菊のからくりには、その昔龍助が話していたものがあると言っていたぜ」

「秀次め、龍助の工夫を自分のもののようにして吉原に売り出したか」

「地口屋にいたとき、からくり仕掛けは龍助、絵は秀次と言われたそうだ。秀次の絵に龍助の工夫があれば鬼に鉄棒、秀次が吉原で名人のからくり提灯師にのし上がるのはそう難しいこっちゃなかったはずだ」

「長吉、龍助はさぞ恨みに思っておることだろうな。だが、あの世から殺しには舞い戻ってこられないぜ」

「それだ」

長吉はようやく茶を飲んだ。

「龍助には弟妹が何人かいましてね、半五郎って弟がぐれて入墨者になり、喧嘩沙汰かなにかで江戸から所払いになったそうな。こいつが最近江戸に戻って、龍助の死んだ後に弟弟子の秀次がからくり仕掛けを盗んだことを知り、野郎をただじゃあおかないと憤っていたそうだ」

「ほう、面白いな」

「番方、こっちが本命かもしれないぜ」

仙右衛門の視線が黙って聞いていた幹次郎に向かった。

「だれぞ半五郎が秀次に接触したことを承知の者がいるといいがな」

「明日からこの線を調べましょうか」

幹次郎が頷いた。

四つの刻限で世間様は眠りに就いていた。

「面番所に引かれた助八はどうしておるな」

「私じゃあないと必死で抵抗しているようです。なんとしても本当の下手人を探し当てないことには、面番所も助八を放免致しますすまい」

と仙右衛門が焦り気味の口調で応じた。

翌日、幹次郎が吉原の大門を潜ったのは四つ前だ。妓楼の内湯を沸かす煙が吉原のあちらこちらから棚引いていた。

いつも通り路地裏から会所に通った。すると会所の座敷に四郎兵衛、仙右衛門のふたりがいて、なにごとか話し合っていた。

「神守様、よいところに」

「なんぞ動きがございましたか」

「引手茶屋瑞穂の主が腕に怪我をしたという話が伝わってきたんですよ。伊右衛門は転んで怪我をしたと巻木綿で右腕を吊っているそうですがねえ、吉原関わりの医師に見せてはございません。だが、どうやら刺し傷らしいという話がこぼれてきた」

「ほう、それは奇妙な」

「で、ございましょう」

「まさか家のだれかが刺したというようなことはありますまいな」

「いえ、伊右衛門は吉原の外に用足しに出て、帰ってきた折りには巻木綿で吊っていたそうです」

「伊右衛門は、おそよとだいぶ歳が離れた旦那でしたな」

「先妻が亡くなり、その後釜に入ったのがおそよだ。歳の差は二十近くございましょう」

「夫婦仲はどんな風でございますな」

「おそよは禿から振袖新造になろうとしたほどの女だ。ご存じのように男好きのする細面の顔立ちで歳も若いときた。伊右衛門はめろめろだという評判でしたよ」

「伊右衛門だが、秀次がおそよを手籠め同然にしてふたりが絡み合う危な絵まで描いていたことを承知じゃあございますまいね」

「そこです」

それまで黙って四郎兵衛と幹次郎の会話を聞いていた仙右衛門が、

「妓楼や茶屋の主には奉公人のすべてを承知していなければ落ち着かないという人物がままございます。伊右衛門がそうだったかどうか知りませんが、年若い女房の動静に気を配っていたとしてもおかしくはございません」

「承知していたとしたら伊右衛門はどう動いたか」

「おそよに覚られないように秀次を始末する手筈くらい整えるかもしれませんぜ、七代目」

「伊右衛門は実際の歳よりも年寄り臭い、おそよとは娘と親父様かと呼ばれるほどの好々爺然とした風貌です。私どもはそいつに騙されていたかねえ」

「七代目、会ってみますか」

「古狸だ。そう簡単に尻尾は出すまいが、見舞いがてら顔を出してみるのも一興かね」

と四郎兵衛が言い、仙右衛門と幹次郎は立ち上がった。

伊右衛門とおそよが並んで座った様子は、たしかに父と娘と言ってもおかしくなかった。

仙右衛門が、

「怪我見舞い」

を理由に瑞穂を訪ねると、おそよが不安げな顔で迎えた。だが、訪いが見舞いのためだと分かると、ほっとした顔をした。

「転んだと聞いたが骨を折られたか」

「番方、駕籠を下りようとしてねえ、下駄を踏みちがえて前のめりに転んでしまった。歳は取りたくないものだよ。骨は折れてないというので、ほっとしています」

「軽くてなによりでした」

「そういえば番方、うちのからくり提灯を手掛けた秀次が殺された一件の探索はどうなってますね」

伊右衛門のほうから話柄を転じた。

「それだ。殺しを見た者がいないんでねえ、難航してますのさ」

「それはお困りだ。秀次の艶聞はちょくちょく耳にしていますよ、女の線ではございませんか」

「それもございましょうが、わっしらは名人気質の職人の妬みを気にしていますのさ」

「職人同士の妬みとはまたどんなことで」

「秀次のからくり仕掛けに嫉妬していた者もございましょう。また仕事を奪われて畜生と思っている者もございましょう」

「うちで前に頼んでいた恒五郎のことですか」

「恒五郎には会いましたが殺しができるような男じゃない。それにあの夜は長屋でへぼ将棋を指していましてね、とても吉原で殺しをする暇はございませんでしたよ」

「となるとだれが秀次を殺したんだろうね」

「昔の職人仲間を調べているところで。なんでも秀次のからくり仕掛けの知恵はその兄貴分の龍助が考えたものだそうですよ」

「なんと秀次のからくりは兄貴分の考えたものを横取りしたものですか」

「へえ、それがどこまで殺しに結びつくか。調べがつくかどうかは今日明日が正念場(しょうねんば)でございましょう」

と答えた仙右衛門は暇(いとま)の言葉を述べた。

「番方、お侍、わざわざお見舞い有難うございましたな」

おそよがふたりを茶屋の前まで見送りに出て、そっと両手をふたりに向かって合わせた。

伊右衛門は左手で巻木綿に包まれた腕を撫でた。

「おそよさん、秀次とおそよの関わりを伊右衛門へ知らせなかった礼だろう。秀次の兄貴分だった龍助についてなにか聞いたことはないかえ」

「番方、昨秋、私が秀次と会ったのは十何年ぶりのことでしてね、修業時代のことはなにも知らないんですよ」

「龍助もその弟の半五郎も知らないというわけだな」

「知りません」

ときっぱりおそよは言い切った。


引手茶屋瑞穂の伊右衛門に会所の見張りがつくことになった。吉原の内外にかかわらず伊右衛門の外出には密かに尾行がついた。

長吉は、秀次と半五郎が接触した様子はないかと、秀次の家の周りを訊き込みに回った。だが、秀次の家に複数の女が頻繁に出入りしていたことを見ていた住人はいたが、半五郎らしき人物が訪れたのを目撃した者はいなかった。

半五郎の居場所の探索にも気が配られた。

仙右衛門と幹次郎が瑞穂を訪れた翌日の夕暮れ、伊右衛門が大門の外に出て、駕籠を拾った。

仙右衛門と幹次郎は直ちに尾行を開始した。

五十間道を見返り柳まで上がった駕籠は三ノ輪に向かった。伊右衛門が最初に駕籠を下りたのは下谷通新町の蘭方医のところだ。そこには四半刻ほどいた。

出てきた伊右衛門は待たせていた駕籠に乗り、千住大橋の方角へと向かった。

「神守様、伊右衛門の傷がねんざか刺し傷かちょいと聞いてきまさあ」

「それがしは駕籠を尾けよう。それがしの姿を見失うようなことがあれば、橋の南詰めに文を残してくだされ。それがしが迎えに参る」

早々に打ち合わせしたふたりは二手に分かれた。

駕籠は悠然と千住宿を北へと向かう。町の名が下谷通新町から小塚原町へと変わろうとする頃合、仙右衛門が追いついてきた。

「伊右衛門の巻木綿の下はやはり刺し傷でしたぜ。どうやら匕首かなにかで刺されたらしい傷とのことです」

「いよいよ変だな」

駕籠は千住宿の西側へと回った。

「あの先には誓願寺がございます」

仙右衛門はさすがに吉原に近い宿場のことはよく承知していた。

駕籠は山門の前で右手に折れ、夕闇に没した。

ふたりが山門前に近づくと駕籠舁きの声がした。

「旦那、待ってなくてもいいんで」

「構いません」

伊右衛門が酒手を弾んだ様子で駕籠舁きが大仰な礼を述べていた。こちらに空駕籠が戻ってきた。

ふたりは軒先の闇に体を隠して駕籠を通り過ぎさせた。

「さて、鬼が出るか蛇が出るか」

仙右衛門が言い残すと、誓願寺の塀沿いの道に出た。人影はない。

行き先はそう遠くではあるまいと塀沿いに進むと、誓願寺の通用口の片開き戸が半ば開いて揺れていた。

道を挟んで反対側には伊右衛門が訪ねそうな長屋も家もなかった。

仙右衛門が幹次郎を振り向いて頷くと戸に手をかけた。

膨らみ始めた月の明かりが墓を照らしていた。

ふたりは墓石伝いに進んだ。すると墓場の北側から声が漏れてきた。どうやら寺では離れを貸しているようだ。灯りも漏れていた。

ふたりはさらに接近を図った。

「旦那、これっぽっちの金でおれたちをお払い箱にしようという魂胆か」

「だから、会所がおまえさんに目をつけたと言ったじゃないか」

「それがどうだというんだ」

「おまえさんは秀次を殺してんだよ。捕まれば獄門台だよ」

「おまえも一蓮托生だぜ。女房が秀次に寝取られた上、危な絵に描かれた。いい面の皮じゃあないか」

「それは言いっこなしだよ、半五郎さんよ」

「それにしても秀次め、ひでえ野郎だぜ。女房を好き放題にしておいてその亭主に枕絵を買い取れと言い出すとはいい度胸だね」

障子の向こうでは酒でも呑んでいるのか、男たちの甲高い声が外まで響いてきた。

なんと瑞穂の伊右衛門と龍助の弟の半五郎はつながっていた。

「おまえさんが突然私を吉原の外に呼び出して兄さんの仇を討つというから乗っかった話だよ。ともかく危ないことにならないうちに江戸を離れておくれよ」

哀願する伊右衛門の言葉に半五郎がにべもなく応じた。

「おれは危な絵まで取り戻そうとしてやったんだぜ。切餅ふたつの端金で草鞋が履けるものか。三百両用意しねえ」

「半五郎さん、阿漕ですよ、肝心の枕絵はまだ取り戻してないのだ。そう容易く大金が都合できるものか」

「ならば今度は左手も刺してやろうか。それとも女房をここに連れ込んで秀次がやったと同じ目に遭わせてやろうか」

「や、やめておくれ」

伊右衛門の悲鳴が上がり、男たちの笑い声が響いた。

どうやら半五郎の他に二、三人いるようだ。

「会所から助けを呼びますか」

仙右衛門が幹次郎に囁(ささや)いた。

「逃してもならぬ、踏み込もう」

頷いた仙右衛門が裏手に回るという合図を残して闇に没した。

神守幹次郎は江戸の刀研ぎ師が、

「豊後行平(ゆきひら)」

と推測した剣の鞘元に左手をかけ、腰にぐいっと落ち着けた。

障子に向かって離れ屋の縁側に飛び上がった。

「だれでえ」

と半五郎の声が誰何(すいか)した。

「伊右衛門の旦那、おめえ、用心棒でも連れてきたか」

「め、滅相もない」

と狼狽する伊右衛門の声がした。

障子が開かれた。

幹次郎は、鋭い視線を浴びせて匕首の柄に手をかけた男が、先日土手八丁で襲ってきた男と同一人物だと察した。

仲間はやくざ者と浪人のふたりだ。酒の茶碗を投げ捨てたふたりが同時に立ち上がった。

「会所の用心棒か」

半五郎が血走った目を幹次郎に向けた。

「瑞穂の旦那、いくら若い女房に狂ったとはいえ、人殺しに手を染めちゃいけないね」

番方の仙右衛門の声がして、伊右衛門の視線が後ろに向けられた。

その瞬間、半五郎が両手に匕首を翳して幹次郎に突っ込んできた。

幹次郎は腰を沈めて迎撃の体勢を取っていた。

腰の剣が鞘走り、眼志流の秘剣、

「横霞（よこがすみ）」

が抜き打たれた。

突っ込んでくる半五郎の匕首を持つ両手を肘（ひじ）から斬り飛ばして脇腹を深々と断ち割った。

げええっ
悲鳴の消えぬ間に次の浪人が襲ってきた。

幹次郎は半身（はんみ）に開いて相手の突きを躱した。

浪人は幹次郎の傍らをすり抜けると庭に飛び降り、そのまま寺の裏手の墓場へと向かって逃げた。

（もうひとり）

と幹次郎が振り向くと、その男は匕首を投げ出して、

「お、おれは半五郎に助っ人を頼まれただけだ」

と叫んだ。

戦いは一瞬の間に終わりを告げた。

仙右衛門の視線が伊右衛門に行った。

「番方、見逃してくれ。家財は会所に差し上げる、頼む、目を瞑ってくれ」

伊右衛門が土下座をして仙右衛門に哀願した。

「旦那も吉原仲之町の引手茶屋の主だ。往生際だけはすっきりとしなせえ」

と諭すように宣告した。

第三章　火つけ六十六部

一

吉原の七夕では妓楼ごとに笹竹に短冊(たんざく)、鬼灯、扇子(せんす)を吊るして高々と掲げた。客を招くように土手八丁からも七夕飾りが見えるようにした。こんな七夕も、続く十二日の草市もあっという間に過ぎて、仲之町に秋の風が吹き始めた。

幹次郎はこの朝、下谷山崎町の香取神道流津島傳兵衛道場に行き、たっぷりと汗を流した。稽古を終えたのは昼前だ。

その足で馬喰町に向かった。

「一膳めし酒肴」

と幟を揚げる煮売酒場に身代わりの左吉から呼び出しを受けていた。すでに左吉はいつもの席に悠然と構えて酒を呑んでいた。

「待たせて相すまぬことであった」

「なんの、こっちは暇を持て余しているんで」

と笑った左吉が奥へ合図して幹次郎の杯を取り寄せた。

「まずは一杯いかがです、稽古のあとの酒は五臓六腑に格別に染みますぜ」

「頂戴致す」

互いに杯を満たし合い、酒を干した。稽古で汗を搾り切った幹次郎にはなんとも美味で、

「干天に滋雨が降り注ぐ地面の如き心境です、酒の一滴一滴が体に染み渡ります」

左吉が新たな酒を注いだ。

「仲之町の引手茶屋の主が若い女房に入れ込み過ぎて、よからぬことを考えたそうですな」

「瑞穂の伊右衛門ですか、ただ今、奉行所でお調べの最中です。自分では手を下していませんが、からくり提灯師の秀次を半五郎って半端者に頼んで殺させた。歳の離れた美形を後添いにするとえらいことになります」

吉原の玉菊灯籠を舞台にした秀次殺しの一件は読売に書かれて江戸じゅうが知ることになっていた。

「瑞穂は取り潰しですか」

「いえね、殺された秀次の行跡が行跡です。それと吉原会所などが動いて、瑞穂はなんとか商いを続けられそうです。もっとも伊右衛門には遠島の沙汰が下ろうと聞いています」

「瑞穂の新しい主はだれですね」

「女将のおそよが引き継ぐそうです」

「禿から引手茶屋の女将に、さらには主にと、道中双六の上がりになりましたか」

「おそよには福運がついておるようです」

「そのうちおそよが若い亭主をもらいますぜ」

と左吉が託宣した。

「神守様、松平定信様に吉原が贈った禿の蕾ですがね、本名佐野村香様と申されまして、定信様が幼少の砌、関わりがあった女性にございました」

「ほう」

「松平家に養子に入られた定信様は御三卿の田安家の出にございますな、父親の宗武様は国学者にして歌人としても名を成されたお方です。その田安宗武様と歌道を通じて、御儒者衆佐野村家とは交友があったそうなんで。そんなわけで定信様と七つ年下のお香様も知り合いで兄妹のように田安家で過ごされたそうです。

安永三年、十七歳の折り、定信様は白河藩松平定邦様の養子に入られた。その数年後、佐野村家は城中での揉めごとに絡んで、家は断絶、一家は路頭に迷われる仕儀になったそうな。佐野村真五兵衛様は根が大人しい方ゆえ、騒ぎを鎮めるために犠牲になられたというのが真相のようです。

御儒者衆は二百俵高御役十五人扶持でしてね、それが屋敷を追われ、町の裏長屋住まいでは苦労なされたと思います。次いで真五兵衛様が病に倒れられ、お香様が吉原に身売りして父親の治療代を捻出しようとなされた」

幹次郎は三十歳で老中首座に就いた松平定信にまつわるひとりの女性について、ただ耳を傾けていた。

「お香様が身売りなされた妓楼は大籬（大見世）松葉屋にございましたそうな。そのことがお香様に運をもたらしたのです。松葉屋の主丹右衛門様と吉原会所先代の六代目四郎兵衛様、神守様の主の七代目四郎兵衛様が話し合われて、禿の蕾を白河へと送り込んだのです。定信様は吉原が太夫にと期待した美貌にお育ちになったお香様の白河入りをどれほど喜ばれたか、数年後に側室となされたことでも相愛ぶりは分かろうというものだ」

左吉は舌を潤すように杯の酒を呑んだ。

「松平定信様は天明の飢饉に見舞われた白河領内を上方からの買米などで乗り切り、藩政を立て直された。それを認められて、こたびの老中首座への就任にございます。江戸に舞い戻られた定信様のご懸念はお香様のことやもしれませぬ」

「なんぞお香様の身を案じる事態がございますので、左吉どの」

「どうやら田沼派の残党が定信様の弱みを摑まんと白河へ隠密をすでに送ったとか、これから送り込むとか噂が流れております。こいつのほうの真偽ははっきりと致しませぬ。だが、吉原が動くとなると意外と当たっておるやもしれませんぜ」

「定信様が吉原にお香様の身について相談なされたということですか」

「定信様は多忙にあられる上に江戸には正室の峯(みね)の方様もおられる。ここはお香様を白河に送り込んだ吉原の手を借りようとなされたとしても不思議ではございませんよ」

幹次郎は頷いた。

御免色里の吉原は、ただの遊里というだけではない、隠然たる力を備えていることを神守幹次郎はすでに承知していた。

「まあ、その内、神守様に白河行きの命が発せられると思いますがねえ」

これが左吉の観測だった。

「神守様、ちょいとこちらへ願います」

幹次郎が五十間道を下っていくと相模屋から声がかかった。番頭の早蔵だ。

「番頭どの、こたび、足田甚吉とおはつさんの祝言のことで世話になる」

「そのことですよ、旦那がねえ、八朔が終わった翌日にも式を挙げちゃどうだというんですよ、甚吉さんもおはつさんも早い分には異存はないと言います。あとは仲人の神守様と汀女様次第です」

「忙しいことになりましたな。うちは構いませぬ」

「ならば八月二日の四つ半ということで宜しゅうございますか」

「承知しました」

答えた幹次郎は尋ねた。

「列座する人数はどれほどになりましょうな」

「甚吉さん側は仲人の神守様夫妻、おはつさんのほうは妹のおようさんを戸越村から呼ぶそうです。それにふたりが住まいする長屋の差配久平次さんが住人を代表して式に出ます。うちから旦那と女将さん、それに私とで、都合九人にございますよ」

「宜しゅうお願い申す」

「まあ内々の祝言です、形に拘らずともよかろうと旦那も申しております。一堂に九人が集まり、婿どのと嫁どのが三三九度を催すのが決まりごとといえば決まりごとですかな」

と早蔵が笑った。

幹次郎が会所に顔を出すと四郎兵衛が、

「ちょうど神守様をお呼びしようかと考えておりました」

と言った。

「御用ですか」

「甚吉さんの祝言の日取りは決まりましたか」

四郎兵衛はまずそのことを気にした。

「ただ今相模屋の早蔵どのに八月二日ではどうかと言われ、お受けしてきたところです。差し障りがございますか」

「いえ、それなればちょうどよい。白河行きの一件、八朔を終えて数日後に旅立っていただこうかと考えておりました」

「承知しました」

と答えた幹次郎は訊いた。

「どなたか、同行の方がおりましょうか」

「番方とだれぞ若い者をつけます。すべては仙右衛門が呑み込んでございます」

四郎兵衛が言い、幹次郎は首肯した。

「それに今ひとり同行者が増えますが、あとの楽しみになされ」

だれにございましょうな、と首を捻った幹次郎は四郎兵衛に言った。

「ちとお願いがございます」

「御用のことでかな」

「いえ、仲人を頼まれてみたものの羽織袴の用意もございませぬ。どなたかに借りることはできませぬか」

「案じなさるな、玉藻に用意させてございます」

四郎兵衛は会所の奥座敷の隠し戸から山口巴屋の台所に抜けると、居間に幹次郎を案内した。するとそこに汀女がいて、玉藻と話し合っていた。

「おや、幹どの」

「ただ今相模屋の前を通ったら祝言は八月二日の午前ではどうかと打診され、受けて参った」

「私も甚吉どのに知らされ、玉藻様に祝言の召し物を借りに立ち寄ったところです」

と答えた汀女が笑いかけた。

「幹どの、驚いてはなりませぬぞ」

「なんでございましょうな」

玉藻が隣座敷から畳紙を捧げて持ってきた。中から仕立て上げられたばかりの麻裃(あさ)が現われた。小紋で、なんと神守家の家紋、梅鉢が三箇所に入っていた。

「どうしたことで」

「四郎兵衛様が玉藻様にお命じになり、出入りの呉服屋さんで仕立てられたのですよ」

「うちには神守様のように体格のよい者はおりませぬゆえ、生憎とお貸しする裃はございませぬ。汀女先生に身丈などを伺い、仕立てさせました。なにしろ祝言の仲人ですからな」

「祝言とは申せ、内々のこと、借り物で十分でございましたのに」

と当惑する幹次郎に汀女が言った。

「私は玉藻様のお召し物をお借り致しました」

「それはよいが」

「まあ、神守様には裃を着る機会も増えましょう」

四郎兵衛が笑い、

「ご好意に甘えてよいものかどうか」

と幹次郎は拘った。

「ともかくお召しになってみてくださいな」

幹次郎は汀女に手伝ってもらい、仕立て上げられたばかりの裃を着た。さすがにぴたりと決まり、幹次郎に武家奉公の時代が思い出された。

とはいえ、幹次郎の持っていた継裃は祖父の時代からのお下がり、丈も短く麻地もよれよれであった。

「よう似合われますな。体格がおよろしいゆえ、小紋が映(は)えます」

「ほんにほんに」

と玉藻と汀女が言い合い、汀女など目を細めて年下の亭主を見つめていた。

「姉様、それがし、このような立派な裃を着るのは初めてじゃ、自分ではないように思える」

「いえ、紛(まご)うことなく幹どのです」

と答えた汀女が、

「四郎兵衛様、玉藻様、真に有難うございました」

と礼を述べた。

幹次郎は裃を脱いでふだんの着流しに着替え、なんとなくほっとした気分になった。その幹次郎に汀女が言いかけた。

「幹どの、御用で白河まで参られるそうな」

「いかにも。甚吉の祝言を終えてのち、旅立つ。姉様も徒然(つれづれ)ではあろうが宜しゅう頼む」

「一向に寂しくなどございません」

「亭主は息災(そくさい)でおれば留守がよいか」

「いえ、私は留守番など致しませぬ」

「と申されると」

「私も参ります」

「なんと申したな」

「先ほど四郎兵衛様より旅をなされませぬかとお尋ねがあったゆえ、ふたつ返事でお受け致しました」

「同行するもうひとりとは姉様のことでしたか」

「汀女先生は手習い塾で頑張ってこられました。それに、先の信濃行きにも長屋で留守、こたびも江戸に置いてきぼりでは汀女先生に恨まれますでな」

四郎兵衛が言った。

「お心遣い有難うございます」

と幹次郎は答えながら、汀女が必要となる御用旅かと気を引き締めた。

この日、神守幹次郎と汀女は肩を並べ、大門を出た。幹次郎にとっていつもより早い帰宅だ。四郎兵衛が、

「玉菊灯籠の間、夜遅くまで会所に詰めておられます。偶にはふたりでお帰りな

され」

と許してくれたのだ。

衣紋坂をふたりが土手八丁へと上がっていくと相模屋の前で甚吉が張り切って水を撒いていた。

「甚吉、精が出るな」

「幹やんか。祝言は頼むぞ」

「ただ今会所で裃を試着して参った。礼服は揃うたぞ」

「われらの衣装は相模屋が用意してくれる。まさか、江戸で祝言を挙げようとは考えもしなかったぞ」

甚吉は感慨深げだ。

「私どもも甚吉どのの祝言の手伝いをさせてもろうて、感極まっておりますよ。岡城下を逐電した日が昨日のことのように思い出されます。互いにこのような日を迎えることができようとはな」

汀女の双眸には遠い旅路を思い起こす風情があった。

幹次郎と汀女は豊後岡藩七万三千石の中川家の御長屋に生まれ、姉と弟のように育ってきたのだ。

だが、汀女は借財のかたに歳の離れた納戸頭藤村壮五郎の元へ人身御供同様に嫁に行かされた。

それから三年後、幹次郎は汀女の手を引いて、岡城下を密かに離れたのだ。妻仇と呼ばれて十年、藤村ら追っ手に追われての流浪の旅が続いた。

旅は江戸に来て終わりを告げた。

吉原に拾われ、会所の手助けもあって岡藩と手打ちが成り、幹次郎と汀女はようやく安住の地を手に入れることができたのだ。

「幹やんと姉様が国許を出たのは安永五年（一七七六）のことであったわ。城下は幹やんが藤村様の妻女と騙り合い、逐電したという噂で大騒ぎになったものだ。あれから十年余の歳月が流れた」

幹次郎と汀女が吉原に拾われたあと、足田甚吉も岡藩から永のいとまを賜り、ふたりに誘われて吉原暮らしをするようになった。

「おれは幹やんと姉様に誘われてこの地に来てよかったと、つくづく思うておる」

幹次郎も汀女も頷いた。

「おはつさんを幸せにせよ」

「おおっ、幹やんと姉様を見習うてそうする」

と言う甚吉と別れて土手八丁に向かう。


茫々（ぼうぼう）の　仮宿（やどり）重ねて　秋の風

（姉様には披露できぬな）

幹次郎は思いながらも、

（ようも生きてきた）

と風雪の旅を思い起こした。

「幹どの、私が一緒では迷惑ではございませぬか」

「白河行きか、なんの迷惑があろう」

「御用とはなんでございますな」

「それがしは知らされておらぬ。だが、なんとのう推測はついた」

汀女が幹次郎を見た。

「姉様にも御用があるゆえ、四郎兵衛様が同行を命じられたのだ」

「慰労（いろう）ばかりではないのですか」

汀女は御用があると聞いてなんとなく安心した顔をした。

「おそらく老中首座松平定信様の側室お香様の身に絡んでの御用であろうと思う」

幹次郎は身代わりの左吉から聞き知った事柄などをざっと話して聞かせた。

「なんと吉原は松平定信様に幼馴染のお香様を贈り、今また救いの手を差し伸べられますか」

「四郎兵衛様よりお達しがないで、お香様に絡んだ御用との確証はなにもない。だが、われらが遣わされる以上、なんぞあってのこと、姉様にもお役が回ってこよう。その折りは、知らぬふりで応じてくれ」

「覚悟をして参ります」

幹次郎は頷き、

「ともあれ、われらはまず甚吉とおはつさんの祝言の仲人を果たさねばならぬ。御用旅のことはそれから考えようか」

「はい」

と答えた汀女が、

「夏烏賊(いか)を買うてございます、葱(ねぎ)ぬたをこさえようかと考えておりました」

「それで一杯やると美味かろうな。久しく姉様と差し向かいで酒など呑んでないでな」

　ふたりは顔を見合わせ、にっこりと笑い合った。

二

　その日の朝、神守幹次郎と汀女は町内の湯屋に行き、幹次郎はいつもより丁寧に体を清めた。

「会所のお侍よ、今朝はまたえらく糠袋（ぬかぶくろ）で磨き立てなさるねえ。まさか吉原に女郎買いではあるまい。四宿（ししゅく）の飯盛か、それとも深川に行きなさるか」

　と左兵衛長屋に出入りする青物売りが声をかけたほどだ。

「隣の女湯には姉様がおられるぞ。なにも丁寧に体を洗ったからといって遊里に行くとはかぎるまい」

「女郎買いではないか」

「ないない」

「となるとなんだえ」

「五十間道の引手茶屋相模屋の奉公人ふたりの仲人を頼まれたのだ」

「なにっ、甚吉さんとおはつさんの祝言の取り持ちはお侍か」

「そういうことだ」

「大役だぜ、せいぜい磨きをかけなせえ」

「そなたは仕事が休みか」

「こちとら、川向こうで法事だ」

「それはご苦労な」

「夏の疲れも出る時分だ、法事に託(かこつ)けて一日仕事を休んだのよ」

「休みも大事なことじゃあ、この節は気をつけぬとな」

幹次郎はふたたび湯船に浸(つ)かり、体を揉み解(ほぐ)すほどに長湯して上がった。

湯屋の前で汀女と待ち合わせ、早々に長屋に戻ると濡れ手拭いなどを置き、その足で吉原に向かった。

山口巴屋では髪結を待たせていた。なんと幹次郎と汀女に会釈したのはおせんだった。

「その節はお世話になりました」

幹次郎は黙って頷きながら、

（おせんは山口巴屋の出入りであったろうか）

と考えていた。すると玉藻が、

「おせんさんがどうしても神守様にお礼がしたいと申されますので、本日のおふたりの御髪をお願いすることにしました」

「そうであったか」

「幹どの、そなたは花嫁を迎えに参られます、先にやってもらいなされ」

「よいか」

座敷に敷かれた座布団に座り、おせんに髷を解かれた。

「神守様、あの節はご迷惑をかけました」

おせんが改めて礼を述べた。

「少しは気持ちが落ち着かれたか」

「はい」

と答えたおせんがしみじみ言った。

「神守様が秀次を殺した下手人を成敗されたと聞いて、私の身をがんじがらめにしていた秀次の呪いのようなものが一気に解けました」

幹次郎は小さく頷いた。

「もう一度助八さんとやり直すことにしました」

「それはよかった」

「秀次なんて半端者に目をつけられるなんて助八さんにも私にも甘えがあったのだと思います。いい教訓でございました」

「ほんとうによかった」

会所での己の働きを喜んでくれている人がいるのだ。胸の中に温かいものがこみ上げてくるのを幹次郎は禁じ得なかった。

幹次郎はおせんが精魂籠めて結い上げた髷に裃を着て、脇差と白扇を差し、和泉守藤原兼定を手に山口巴屋の表から仲之町に出た。

仲人を務める今日ばかりは路地裏から表通りに出るのは憚られた。

幹次郎は手の兼定を脇差の傍らに帯びると代わりに白扇を手にした。

「お迎えに行って参る」

「お願い致します」

玉藻に見送られて大門を出ようとした。すると面番所から声がかかった。隠密廻り同心の村崎季光だ。

「神守どの、えらくめかし込んでおられるが本日は慶事か」

「仲人を頼まれ、花嫁を迎えに行くところです」

「会所の裏同心どのが仲人では吉原は平穏無事じゃな」

と村崎が大あくびをした。

幹次郎は会釈を残すと相模屋に向かった。

相模屋の店前では袴を穿いた足田甚吉がそわそわして、その傍らに棒に紅白の帯を巻かれた空の花駕籠が一丁停まっていた。

「幹やん、遅いではないか」

「花婿が今からそわそわしていてどうする。約束の刻限には花嫁を連れて参るで安心せえ」

番頭の早蔵も姿を見せて、

「花婿は奥に行ったり行ったり」

と追いやった。

「今からあれでは先が思いやられますな」

「まあ、押しなべて女房どのの尻に敷かれているくらいがよかろう」

と早蔵に言った幹次郎は、

「甚吉をあれ以上いらいらさせてもならぬ、迎えに参る」

幹次郎の声に駕籠舁きが空の駕籠を担いだ。

「お願い申します」

幹次郎が祝いの空駕籠を先導して山谷堀を越えた。

久平次長屋でも女たちがそわそわしていた。

「あっ、迎えが来たよ」

女衆のひとりが叫んだ。

羽織袴に松葉杖を突いた差配の久平次も待ち受けていた。

「久平次どの、世話をかける」

「花嫁の仕度はなっています」

と答えた久平次が器用にも松葉杖を使い、足を引き摺りながらもおはつの長屋に幹次郎を案内した。

この長屋も会所の息がかかった家作のひとつであった。

「略儀ながら花嫁の先導役を神守幹次郎が務めさせていただきます」

「神守様、本日はお仲人の大役ご苦労様にございます」

久平次が改めて幹次郎を迎え、

「花嫁様、ご出立！」

と大仰な声を張り上げた。

白小袖に留袖(とめそで)の打掛を着たおはつが長屋の戸口に立った。化粧をしたせいか、地味な顔立ちのおはつが、
ぱあっ
と晴れやかに見えた。

「おはつさん、おめでとうござる」

「神守様、宜しゅうお願い申します」

おはつが腰を折って謝意を述べた。

どぶ板の上まで入れられた駕籠におはつが乗り込み、幹次郎が案内して木戸へと向かう。すると長屋の女たちが、

「おはつさん、綺麗だよ、おめでとうさん」

「帰りを待っていますよ」

「甚吉さんにあまり呑ませるんじゃないよ。今晩の役に立たないからね」

と口々に言って送り出した。

松葉杖を突いた久平次が幹次郎と肩を並べて歩いた。

「祝言日和とでも申しますか、澄み切った青空でようございました」

「いかにもいかにも」

「神守様、人の縁と申すのは不思議なものでございますな。まさかおはつさんと甚吉さんが祝言を挙げることになろうとは考えもしませんでした」

「甚吉は屋敷奉公で苦労してきたからな、生涯嫁などもらわぬつもりでいたのかもしれぬ。それが思わぬことから町屋住まい、おはつさんという宝物を引き当てた」

「差配の私まで祝言の場にお招きいただき、恐縮しています」

「相模屋さんのご意向でな、考えればふたりが住まいするのがそなたの長屋、ふたりが奉公する先が相模屋とあっては、相模屋とそなたは欠かせぬ招客様じゃぞ」

足の悪い久平次の頭が幹次郎の傍らで上下した。しばらく沈思していた久平次が、

「神守様、差し出がましいことをお尋ねしてようございますか」

「なんなりと申されよ」

「神守様は近々白河城下へ御用旅をなさるそうですな」

「よう承知じゃな」

と幹次郎は久平次を見た。

未だ幹次郎には御用の内容も知らされぬ隠密行だ。それを久平次が承知していたのだ。

「とあるところから耳にしました。七代目が知られたら、久平次が要らぬ節介をするでないときつくお叱りになられることは必定にございます」

幹次郎は久平次がなぜこのようなことを言い出したか訝った。

「神守様は私のことをご存じでございますか」

「昔は吉原の男衆であったとか。客の刃傷沙汰に巻き込まれ、怪我を負われたと聞いたことがある」

久平次は元は吉原の男衆であったが、刃傷に及んだ客から遊女を庇おうとして右の太腿を脇差で刺されて、大怪我を負った。その後、会所の家作の差配をして暮らすようになったと長吉から聞いたことがあった。

「それは表向きにございます」

「表向きとな」

「私はたしかに妓楼の男衆として奉公しておりましたが、もうひとつ、隠された貌がございました。会所の下っ引き、隠密の如き役目を負わされておりましたので」

「ほう」

幹次郎は改めて久平次を見た。

「この怪我は客に負わされたのではございません。白河城下外れで田沼様が放たれた刺客によって受けた傷にございます」

「なんと、そなたはお香様の白河行きに関わっておったか」

「はい。お香様の下向には七代目と番方、それに松葉屋の丹右衛門様が付き添われました。なにが起こってもいけませぬ、警固に五人の剣術家が同道しての道中にございました。私は陰から道中を見守る役目に就きました」

「一行を危難が襲いましたか」

「田沼様の刺客団が姿を見せるようになったのは草加宿を過ぎ、利根川を越えた辺りからでした。襲われたのは宇都宮と白沢宿の間、大田原外れ、最後は白河の関を越えた峠でした。四郎兵衛様方も死力を尽くされ、田沼派の、必死の刺客の襲撃からお香様の身を守り通しました。最後の戦いには陰の私も加わり、なんとか撃退したのです」

「傷はそのときのものか」

はい、と答えた久平次が続けた。

「こたびの会所の皆様の白河行きの噂を知って、田沼派の残党の策動が関わっていると私は思いました。神守様、なんとしてもお香様をお守りください。お香様ほど爽やかにも賢い女性もおられませぬ」

「久平次どの、それがし、未だ会所から御用のことはなにごとも聞かされておらぬ。だが、一旦お受けした使命とあらばわれら夫婦、一命に代えてもお香様のことお守り致す」

「それを聞いて安心致しました。四郎兵衛様からなんとお叱りを受けようと、このことを神守様に伝えたかったのです」

「承知した」

と答えたとき、花嫁を乗せた花駕籠は相模屋の前に到着していた。


足田甚吉とおはつの祝言は相模屋の二階座敷に金屏風を立て、その前に花婿花嫁が座り、三浦屋から連れてこられた禿ふたりが歳を食った花婿と再婚の花嫁の盃に酒を注いで始まった。

「夫婦固めの盃にござる」

という幹次郎の発声と汀女の介添えで甚吉とおはつが三三九度を執り行い、儀式は滞りなく終わった。

「足田甚吉どの、おはつさん、ここに目出度くも祝言の儀、滞りなく納まり申した。末永く偕老同穴の契りを結ばれんことを一同願っておる」

幹次郎の言葉が終わると甚吉が答礼を述べようと、

「神守様、汀女様」

と呼びかけようとしたが言葉に詰まり、しどろもどろになった。

「甚吉、普段通りの口調でよい」

幹次郎の言葉に、

ふうーっ

と息を吐いた甚吉が、

「ご一統様、幹やん、姉様、この通りじゃあ」

と頭を下げ、おはつも倣った。

「よいよい」

と相模屋の主の周左衛門が言い、場が祝いの雰囲気へと変わった。

「神守様、汀女先生、ご苦労様にございました」

　周左衛門が仲人の神守夫婦を労った。

「至らぬことでございました」

「なんの神守様と汀女先生が座っておられるだけでこの場が締まります。私どもは今もって甚吉さんと神守様が親しき仲と信じられませぬ」

「同じ大名家中で、うちは十三石の馬廻り、武士身分とは名ばかりで小者の足田甚吉と暮らしぶりは全く一緒でございましてな」

「そうそう、三度三度の飯に事欠く暮らしであったな」

　と花婿が胡坐を掻いて、お椀の蓋に手酌で酒を注ごうとした。

「これ、甚吉さん、そのような行儀の悪いことではなりません。ちゃんと座り直してくださいな」

　とおはつが言うと、吸い物の蓋を取り上げた。

「幹やん、えらいことになった、そう行儀ばかり小煩く言われてもかなわぬ」

　甚吉がぼやいた。

「いや、行儀を覚えることも大事だ。そなたのことは相模屋様でも立派な男衆に育て上げようと考えておられるとも聞いた。客商売が胡坐を掻いて馬方のごとき茶碗酒の呑み方ではいかぬ。以後慎め」

「なにっ、幹やんまでそのようなことを申すか」

すいっ
と汀女が徳利を差し出し、

「おはつさんと幹どのが申される通りです。甚吉どの、おはつさんを大事に、奉公先には気配りして勤めてくださいな」

「姉様まであちらの味方か」

とがっくりと肩を落とした甚吉が気を取り直して、

「まあ、姉様の酌なればよかろう」

と盃で酒を受けた。

料理は二の膳付きで甚吉の祝言と思えぬものだった。

和やかにも祝言は一刻半（三時間）ほど続き、散会した。一同は残った祝いの料理をお重に入れて持たされた。

幹次郎と汀女らは昼下がりの土手八丁で甚吉、おはつ夫婦と久平次の三人と別れた。戸越村まで戻るおはつの妹のおようは、幹次郎らと一緒だ。

「姉ちゃん、甚吉さんと幸せにな」

「お父つぁん、おっ母さんに、おはつは幸せになりますと伝えてくだされ」

「承知しましたぞ」

姉妹が短く別れの言葉を交わした。

「よい日和でなによりであったな」

幹次郎が言い、

「神守様、明日にも礼に伺います」

おはつが腰を折って三人を見送った。

「よい祝言であった」

「ほんに気持ちのよいお祝いの席でした」

だれよりもふたりの祝言を喜んだのは、妹のおようだった。三人が土手道を歩き出したとき、おようが、

「神守様、汀女様、姉はなんと果報者にございましょうか。正直申します、私は甚吉さんのお人柄より、神守様と汀女先生を知り合いに持つ甚吉さんの人徳に感謝致します。ご承知のように姉は不幸な暮らしを強いられて参りましたが、これで姉はきっと幸せになれます。本日、皆様のお話を伺い、そう思いました。家に戻り、このことをお父つぁんやおっ母さんに伝えます」

と腰を折って礼を述べた。

「おようさん、私どもも吉原に拾われた者らです。甚吉どのとおはつさんを結びつけたのも吉原だと思います。そのことをふたりはよう承知です。おようさんが申されるように、きっとよい夫婦になりましょう」

汀女が足を止めて、山谷堀の向こう岸を眺めた。

流れに差しかけた桐の枝から病葉が流れに落ちた。

幹次郎は、脳裏に一句浮かんだ。

枯れ落ちた　病葉にも　流れかな

三

行春や　鳥啼き魚の　目は泪

俳人松尾芭蕉は元禄二年（一六八九）三月、この句を残して仮寓していた深川から千住宿まで隅田川（大川）を船で上り、奥州路を辿ることになった。

吉原会所の番方仙右衛門、神守幹次郎、汀女夫婦に、荷物運びの宗吉を加えた四人が吉原を発ったのは陰暦八月四日、ただ今の暦では九月十五日に当たる。

吉原の一行が辿る道は土手八丁から三ノ輪、千住宿、千住大橋と、徒歩行だ。

「汀女先生、足が疲れたら遠慮なく言ってくださいよ」

と声をかけたが、汀女は久し振りの旅に上気して、

「なんの、仙右衛門どの、汀女は幹どのと十年も旅暮らしをした女子にございますよ。それも道中は追っ手に追われ追われて、気が一時も休まらぬ旅にございました。それを考えるとこたびの道中は楽旅にございます」

「姉様、御用のことを忘れてはなりませんぞ」

と幹次郎が注意して言う。

「ほんに御用のことをすっかり忘れておりました」

「汀女先生はそれくらいのんびりしていたほうが宜しいようで」

と仙右衛門の顔に笑みが浮かんだ。

幹次郎は追われ旅をしていたときの旅仕度、風雪を経た道中羽織に袴、頭には菅笠、背には木刀と道中嚢を負い、足元を武者草鞋で固めていた。汀女は頭には埃避けの紫の揚帽子、道行衣を着て、小物籠が入った風呂敷包みを肩から負っていた。

「神守様方は白河城下をご存じですか」

「さてな、姉様も申されたがわれらの旅は追っ手次第、屋根を歩く野良猫の足音にも気を遣う道中でしてな、三月四月と逗留したところは覚えておりますが、白河城下を通過したかどうか判然としませぬ」

と答えた幹次郎が、

「こたびの行き先は白河でございますな」

と念を押した。

「いかにもさようです」

と応じた番方が、

「宗吉、ちょいと離れて歩きな」

と命じた。話を聞かれないようにだ。

「七代目は神守様ご夫婦には気を煩わせぬよう白河近くになって御用の趣を告げよと命じられました。だが、わっしの勘では道中に面倒がありそうだ。となると先に事情を知られていたほうが神守様の動きもようございましょう」

と仙右衛門が前置きした。

幹次郎は黙って頷く。

「陸奥白河藩のご藩主は、ご存じ老中首座松平定信様にございますな」

「いかにもさよう」

「こたびの御用は定信様と吉原の間に隠された秘密のことにございますよ」

「ほう」

と汀女が興味を示した。

「今から十一年前の安永五年夏、吉原は初めて白河にお入りになった定信様にひとつの贈り物を致しました。松葉屋の禿、その名も蕾という十二歳の娘にございます」

身代わりの左吉からすでに聞いた話が始まろうとしていた。幹次郎は知らぬこととして仙右衛門の話を聞く覚悟であった。

「禿の蕾は、末は喜瀬川太夫か高尾太夫かと噂されるほどの美姫、その上明晰な頭の持ち主にございました。定信様は当時十九歳の若殿様でございます」

「仙右衛門どの、話の腰を折るようですが、吉原はなぜ定信様に蕾様を贈るようなことをなされたので」

「へえ。汀女先生もご存じの通り吉原はただひとつの官許の色里にございますな。幕府からそれなりの特権を与えられる代わりに諸々押しつけられることもございます。一見持ちつ持たれつのようで、結局はお上の意向には逆らえませぬ。そこで吉原では常に幕閣の動向を注視し、なにか起こったときのために老中、若年寄につながりを持って参りました。

明和四年（一七六七）より十九年の長きにわたり田沼意次様が力を発揮する賂横行時代が続きました。吉原は田沼様の意向を尊重するために多額の金品も遣って参りました。その一方で田沼様が失脚した折り、だれが政権の座に就くか注目して参りました。六代目と当代の四郎兵衛様が目をつけたのが田安宗武様の七男、吉宗様の孫に当たられる定信様にございます。だが、定信様の英邁を嫌った田沼様父子によって白河藩の定邦様の養子に行かされ、江戸から遠ざけられました。だが、吉原はいつの日か、定信様が幕閣の中心に返り咲かれることを信じておりましたので」

「吉原は定信様の歓心を買うために十二歳の禿を白河に贈られましたのか」

汀女の語調には隠しても隠し切れない嫌悪の情があった。

「へえ」

と仙右衛門は首肯した。

「だが、吉原は蕾が美形で、明晰な娘だから贈ったわけではございませんので」

「ほう、それはまたどうしたことで」

「蕾の本名は佐野村香様と申しまして、直参旗本の御儒者衆佐野村家の出でございます。この佐野村家は国学や和歌をよくすると名高い田安家とは学問を通してつながりがあったのでございますよ。父親に連れられてお香様も幼い折りから田安家に出入りし、宗武様にも七つ年上の定信様にも可愛がられたそうです」

「そのような娘御がなぜまた吉原へ身を落とされましたな」

「城中の揉めごとに絡んで、お父上の佐野村様が犠牲になり、家は断絶、路頭に迷うようなことになったというのが城中雀の噂です。だが、吉原では佐野村様の失脚の背後には田安家との親しい交わりを嫌った田沼意次様の意向があってのこととみております」

「なんということか」

「ともあれ、お香様は吉原に身を落とされる境遇に追い込まれた。その直後、われら吉原会所は松葉屋に売られた蕾が、松平定信様と兄妹のような交わりがあったことを承知したのです。そこで会所では松葉屋の主丹右衛門様を説き伏せ、会所が蕾の身柄を買い受け、すでに白河に発たれていた定信様に蕾、いや、ふたたび佐野村香様に戻った娘を預けることに致しましたのでございますよ」

「なんという巡り合わせにございましょうな」

と感激の面持ちの汀女が尋ねた。

「以来、十一年の歳月は定信様とお香様の関わりを変えましたか」

「へえ、お香様は定信様の国許の奥方と呼ばれ、互いに相睦まじい仲と聞いております」

汀女が得心したように大きく頷いた。

幹次郎が口を開いた。

「番方、お香様はお困りでおられるのではないか」

ほう、という表情を見せた仙右衛門が頷いた。

「神守様はすでに御用向きをご存じのようだ」

仙右衛門が幹次郎が隠していた事実に気づき、言った。幹次郎は直ぐに話すことを決断した。

「偶々のことだ、新鳥越橋際の梅床に行った折り、親方が老中首座の松平定信様に絡み、吉原がひとりの禿を白河に送り込んだという話をしてくれたのだ。その直後、七代目から白河行きの内命があった。それがしの胸の中でふたつの話がつながったのだ」

「調べられましたか」

「それなりにな」

「さすがに神守様だ、勘が鋭いや」

と苦笑いした仙右衛門が、

「となれば安永五年の白河行きでの苦闘は承知でございますな」

「田沼様の刺客が幾たびもお香様一行を襲い、白河近くで最後の死闘が繰り広げられたと聞いた。吉原も大きな犠牲を払ったようだ」

「仰る通り、血で血を洗う戦いにございました」

仙右衛門はしばらく沈思して歩き続けた。

「神守様、こたびの御用も承知でございますか」

「そこまでは知らぬ」

「ならばお話し致しましょうか」

気を取り直した仙右衛門が、

「田沼様が失脚し、幕閣から田沼派は一掃(いっそう)されたかに見えますが、二十年近く根を張ってきた縁故(えんこ)の結束はそうそう根絶やしにはできません。まだ城中には隠れ田沼派が残り、復権を狙っておるとのことにございます。松平定信様に内々の大命が下されようとした前後から白河城下にも田沼派の隠密と思しき連中が姿を見せるようになったのでございますよ。お香様は定信様の弱みにございます、田沼派としてこと極まった際には切り札になるお方、なんとしても押さえておきたい。となればお香様の身柄を守らねばなりませんが、頼みの定信様は老中首座として江戸に詰めておられねばなりませぬ。そこで定信様は、お香様を江戸へ、自分の庇護の下へ引き移そうと考えられましたので」

「それで吉原に内命が下されたわけにございますな」

「いかにもさようでございます」

談じる間に草加宿を抜けようとしていた。

千住宿から草加までは二里八丁（約八・七キロ）だ。すでに日は昇り、秋日和に晴れ渡りそうな一日だった。

「番方、先の白河行きでは、刺客が現れたのは利根川を越えた辺りと聞いた。こたびもわれらの前に刺客が姿を見せると思うか」

「さすがに神守様のお考えは抜かりがないや。待てよ、先ごろ仲人をなされた折り、祝言の席に久平次兄さんが呼ばれておりましたな。情報の出所は大方あの辺ですかえ」

と苦笑いした仙右衛門が、

「田沼派の残党は吉原の動向にも気を配っておるのはたしかです。どこでわれらを待ち受けていても不思議ではない。あるいは白河に入り、お香様にわれらが接触したあとに襲いくるやもしれぬ。なんとも言えませんので」

「精々気をつけて参ろうか」

草加宿から越谷まで一里二十八丁（約七キロ）、荒川を渡る前に早飯を食べることにした。

街道筋の一膳めし屋だ。

麦飯に生り節と大根の煮つけ、豆腐の味噌汁が献立のすべてだった。

「汀女先生、こんな店しかねえが我慢してくんな」

「仙右衛門どの、私どもの十年した道中に比べればお大尽の旅ですよ」

食事を終えた汀女は用意してきた画文帳、白河紀行と題した帳面に旅のさまざまを書き記していた。

「姉様、急な旅立ちだが、手習い塾はどうなされた」

幹次郎はそのことを思い出した。

「四郎兵衛様から旅をと申し出られたとき、ふたつ返事で返答はしたもののそのことが気になりました。ちと心苦しいことではございましたが、薄墨様に相談申しました」

汀女が心苦しいと言ったのは、いくら遊女三千人の頂点に立つ薄墨太夫とて吉原という籠の鳥に変わりはなかったからだ。勝手に大門の外に出ることは叶わない、それが遊女の暮らしだった。

「薄墨様は即座に手習い塾はなんとか私どもだけでやってみせます。先生、よい機会です、神守様とご一緒に旅をなされて、私どもにその様子を話してくださいと願われました。その言葉を聞いて、手習い塾はなんの心配もいらぬ、薄墨様方が汀女の代わりを立派に務めると確信致しました」

「そうだな、薄墨太夫なれば安心して任せられよう」

「私は道中の間、精々旅の細々したことを書き残し、吉原に戻った折りに皆様にお話しして聞かせようかと考えております」

「それはよい」

汀女は妻仇として追われる旅の最中から、好きな和歌や句作を絶っていた。だが、幹次郎はこの御用旅の間にふたたび詠み始めるのではと期待をしていた。

汀女が矢立に筆を納めたのを見た仙右衛門が、

「さて参りましょうか」

と声をかけ、宗吉が四人分のめし代を払った。

「幹どの、白河まではいくつ宿りを重ねますな」

「三泊から四泊かな」

「日本橋から宇都宮までがおよそ二十八里（約百十キロ）、男の足なら一泊二日で行けねえこともないが、二泊三日が無難でございましょう。宇都宮から白河までが二十里（約七十八キロ）、一泊二日でございますかな」

と仙右衛門が幹次郎の言葉を補足した。

「すると今宵は古利根川を前にした粕壁泊まりかな」

「そんな見当でござんしょうね」

幹次郎が監視の眼を意識するようになったのは越谷と粕壁の中ほど、大枝辺りだ。

仙右衛門もそのことに気づいているようだが、口にはしなかった。

幹次郎はこたびの御用に定寸に近い和泉守藤原兼定を選んだ。豊後岡藩を出る折りに持参した刀で、無銘ながら江戸の研ぎ師が、

「豊後行平」

と鑑定した長剣、刃渡り二尺七寸（約八十二センチ）を持参しなかった代わりに手に馴染んだ木刀を背に斜めに負っていた。

仙右衛門と宗吉は道中差を腰に差し、汀女は武家の出を忘れぬために懐剣を道行衣の下に携えていた。

田沼派の刺客が総勢何人か推測もつかなかったが、幹次郎はひとりで応対する覚悟であった。


予定通りその日、粕壁宿に泊まった。

「姉様、足に肉刺などできておらぬか」

旅籠の部屋に入った幹次郎はそのことを気にしたが、

「幹どの、体は未だ旅のこつを覚えているようですよ、足もなんともございませぬ。それより心が洗われるようで気分が浮き浮きし、つい御用を忘れます」

と汀女は隣座敷を見た。

仙右衛門は神守幹次郎と汀女のために一部屋を取ってくれた。もう一部屋に仙右衛門と宗吉が泊まるのだ。

「幹どの、帰り道は大変な道中になりそうですね」

「いかにもさよう、お香様を無事に江戸表まで連れ戻さねばならぬでな」

「田沼様の復権を信じる方々がまだおられるとは汀女には考えられませぬ」

「姉様、われらはすでにだれぞに見張られておる」

「なんと」

と驚きの表情を見せた汀女が、

「仙右衛門どのもお気づきか」

「承知の様子です」

「それはまた迂闊なことでした」

「よいよい。姉様や宗吉まできりきりとした旅では息が詰まろう。それに相手を油断させることもできるやもしれぬでな」

と笑ったとき、隣部屋から、

「汀女先生、湯を使ってくだされ」

と仙右衛門の声がかかった。

「いえ、男衆が先に入ってくださいな、そのほうが遠慮なく入れます」

「いえね、宿の女中がただ今は女衆が湯に浸かる刻限だと申すのですよ。相湯になりましょうが汀女先生から入ってくださいな」

とさらに言われた汀女は、

「旅籠の決まりならば」

と早々に仕度すると階下の湯殿へと下っていった。

汀女が湯殿に入ったとき、三人の女たちが暗い灯りに照らされた洗い場にいた。

「相湯を願います」

「へいへい」

と老婆が汀女に返事をした。

「江戸から来なさったか」

「はい。日光へ参るところにございます」

汀女は行き先を隠して答えた。

「それはなんともよい道中ですな」

「お婆様はどちらへ」

汀女は体を湯で流しながら聞いた。

「孫の顔を見に草加宿に行った帰りでな、間々田村に戻りやす」

「それは楽しい旅にございましたろう」

「お先に」

と、門付けで芸を披露する女芸人の鳥追い女か、どこか崩れた感じの女が湯殿から消えた。湯船に汀女と前後して浸かったのは三十前後の女だった。

暗い湯殿の中でも女の引き締まった体は分かった。女武芸者といってもいいほどの鍛え上げられた体をしていた。

「私も浸からせてくださいな」

と老婆が湯に入ってきた。

湯が湯船から溢れた。

女は動じない。

「おかみさんは連れがあんなさるか」

「はい。亭主と仲間の四人旅ですよ」

湯船の隅にいた女の目が汀女を見たような気がした。鋭く尖った眼差しが一瞬きらりと光り、また茫洋とした目つきへと戻った。

「そなた様はどちらまで」

汀女の問いに、

「宇都宮まで用事で参ります」

と答えた女が湯船から上がると、

「お先に失礼しますよ」

と声を残して脱衣場へと上がった。

汀女はいつしか緊張している自分を感じて、ふうーっと息を吐いた。

「疲れを取るには湯がなによりだねえ」

老婆の声が長閑（のどか）に湯殿に響いた。

四

翌日、粕壁を七つ（午前四時）立ちして杉戸（すぎと）を過ぎたところで夜が明け、次なる宿の幸手（さって）の手前で日が昇った。

今日も日差しの強い一日になりそうだ。

幸手は日光道中と日光御成道（おなりみち）の分岐点であり、旅籠も多く、賑わった宿場だった。

汀女が宿の風景を観察しつつ進みながら、

「あら」

と呟き、腰を屈めて会釈を送った相手がいた。路地から街道に出てきた女六十六部だ。

六十六部とは元々鎌倉時代、法華経を六十六部書き写し、諸国六十六カ国の霊場を回ってその写経を一部ずつ奉納して回る僧侶だった。修行の一環である。それが、江戸時代に入ると、六十六部は諸国の寺社をただ参拝する遊行の徒、あるいはその恰好をしての物乞いといった趣に化していた。

だが、汀女が会釈した相手は白衣に手甲脚絆に草鞋掛け、背には阿弥陀像を納めたらしい龕を負い、修行僧らしい面構えだった。それにしても、女六十六部は珍しい。

「姉様、顔見知りか」

「ゆうべ、旅籠の湯殿でご一緒しました。お体ががっちりと鍛え上げられた様子に女武芸者かと思うておりましたが、六十六部の修行の最中でしたか」

と幹次郎に返した。

「女ひとりで諸国を行脚なさっておられるのか。あるいはどこぞに仲間が待ち受けておられるか」

幹次郎も答えて、幸手宿を通過した。

次なる宿場は栗橋だが、この手前で権現堂川の土手道に出た。晴れ上がった空の下の風景が一段と広がりを見せ、汀女が、

「気持ちのよいことでございますな」

と足を止めて伸びをした。

「汀女先生、一服する時間をくだせえな」

と仙右衛門が煙草を吸うことに託けて、汀女の足を休ませた。

汀女はその親切を素直に受け入れて、懐から白河紀行と名づけた画文帳を出すと河原の風景を写生し、それに感想を記していた。

栗橋は利根川の船渡しのある宿である。

「舟附なれば繁盛の駅なり。上中下と別れ、舟附、舟渡町といふ」

と『上野下野道の記』は書き記す。

刻限はすでに昼に差しかかり、秋の日は中天に移動していた。

「汀女先生、川向こうに関所も待ち受けてございますれば、まずは昼餉を食して渡しに乗りましょうかな」

と仙右衛門が宗吉に食事のできる店に四人分の席を探させた。

渡し場を見下ろす土手に茶屋風のめし屋から小屋がけのうどん屋までと、旅人

相手に多くの店が開いていた。

宗吉が探してきたのは名物栗飯うどんと看板に書かれた小屋がけの店だった。

「番方、見晴らしがいいんで頼みましたが、この店でようございますか」

と吉原会所の新入りが緊張の面持ちで訊いた。

「昼餉を摂るだけだ、座敷に落ち着くこともねえや」

と四人は縁台に向かい合って座り、看板にあった名物を注文した。

「番方、川向こうの御関所はお調べがきびしゅうございますか」

と汀女がそのことを気にした。

幹次郎とふたり、追われ旅を続けていたころ、関所にはさんざ悩まされてきていた。

「汀女先生、この房川の渡しの関所は中田関といいましてな、元和二年（一六一五）に関東十六渡津の関所のひとつとして設けられたものですよ。ただ今では女も男も手形は要りません、かたちばかりの関所でしてね、なんの心配もいりませぬ。もっともお調べがあろうと、われらは吉原会所が江戸町奉行所から受けた手形を持参しておりますからな、どこの関所であれ、案じることはございません」

と仙右衛門は小女が運んできた茶を喫しながら説明し、汀女を安心させた。

「番方、お香様が白河に下向された折り、この利根川を渡った辺りで最初の刺客に狙われたと聞いたが、どのへんかな」

「あの折り、利根川の水が増えておりましてな、川渡しに時間がかかりました。わっしらが向こう岸に着いたとき、刻限はすでに八つ半（午後三時）前後かと思われました。中田宿から古河へと向かう間、お香様の肉刺がつぶれて痛み始めましてな、古河に着く前に日が暮れ始めたのですよ。そこを襲われました」

「人数は」

「田沼家の家臣、井上逸馬と申す剣術指南役に指揮された一統は浪人と関八州を稼ぎ場にする渡世人で十数人はおりましたか。わっしらもそのことは予測はしておりましたので、用心棒を同道しておりました。中でも剣客の早乙女善五郎様が奮闘して、なんとか撃退いたしました。それでも双方に数人の怪我人が出て、わっしらは古河の宿で医師を探すのに苦労した覚えがございます」

と仙右衛門が十一年前の記憶を引き出した。

「こたびはまず往路は襲われまいと考えておるのですがな」

「昨日から見張りがついたと思いましたが、今日はその気配もございませぬな」

「へえ、わっしもそう感じておりました」

栗飯に古漬け、それに手打ちのうどんが運ばれてきて、話はそこで終わった。汀女はうどんは食したが栗飯には手をつけなかった。それを幹次郎が食べて、

「ちと食べ過ぎたかもしれぬ」

行儀悪く腹をぽんぽんと叩いた。

「これ、幹どの、そのような無作法を人様の前で」

と汀女が年下の亭主を叱り、幹次郎も、

「これはしまった。以後気をつけよう」

と素直に謝った。

一行はふたたび旅装を整え、渡しに乗った。

房川は利根川の字である。

「幅大概弐百拾四間、常水川幅四十間程、船渡なり。此川水元は、西之方は烏川、蕪川、神流川より流来、北之方は思川、巴波川、佐野川、渡良瀬川より流来、流末は下総国佐原より津之宮海江落る。此川一体利根川なれ共、此所には房川といふ」

と『日光道中宿村大概帳』に房川の由来が説かれる。

一行は流れ四十間（約七十三メートル）余を渡し船で渡り、関所は腰を屈めて

無事に通過した。

「汀女先生、足の具合はどうですかえ」

と仙右衛門が汀女の足を気にした。

「旅に出て、急に元気が出たようで足も軽うございます」

「ならば今日はもうひと踏ん張りしましょうかな」

「今宵はどこ泊まりですか」

「間々田宿辺りまでのしていければ上々ですがねえ。朝出てきた粕壁宿から船渡しをはさんでおよそ十里（約三十九キロ）弱ございます。ちと無理かな」

と仙右衛門が首を傾げた。

「物見遊山の旅ではございませぬ、今宵は間々田宿までなんとしても辿り着きましょうぞ」

と汀女がきっぱりと言い、自ら足を速めた。

古河城下を八つ半前に通過した。

「この分なれば六つ（午後六時）前にも間々田に到着できようか」

と仙右衛門が汀女の様子を見た。幹次郎も観察したが汀女の足取りは未だたしかだった。

「いけそうかな」

野木宿には七つ（午後四時）に差しかかった。

「姉様、間々田まで一里二十七丁（約六・九キロ）ほど残っておるがどうするな」

幹次郎が汀女に確かめた。

「幹どの、案じめさるな。六つ前までには間々田に辿り着いておりますぞ」

と自ら先頭に立ち、さらに進もうとした。

「様子をみながら行きますか」

仙右衛門が幹次郎に言いかけ、幹次郎も頷いた。

汀女の足が止まり、法音寺の山門を見上げた。この界隈で下野の国境を越えることになる。

「姉様、なんぞあるか」

幹次郎が声をかけた。

「法音寺とは芭蕉先生が、道の辺のむくげは馬に喰れけり、と詠まれた地であろうかな」

「そのような句があるのですか」

幹次郎は口の中で、

「道の辺の　むくげは馬に　喰れけり」

と繰り返してみた。

「姉様、むくげが花を咲かせるのは夏から秋と思うたが、われらよりひと月ほど早くこの地を通られたかのう」

「たしか芭蕉翁ご一行は盆の半ばにこの界隈を通過されたはずです」

「ならばやっぱり二十日は早いな」

一行は歩みを再開した。

幹次郎がふたたびどこからか一行を監視する、

「眼」

に気づいたのは思川の土橋を渡った頃合だ。

仙右衛門も道中差の柄にかけた布袋を外した。

「姿を見せますかな」

「そう考えたほうがよかろう」

幹次郎は汀女と宗吉に刺客が襲いくるやもしれぬことを告げた。

「承知しました」

宗吉は顔に緊張を走らせたが、落ち着いた声音で応じた。

吉原の妓楼新角楼(しんかくろう)の遣手のおしまが殺された事件に絡み、おしまの遺髪を信濃国姨捨(おばすて)村まで届ける四郎兵衛や妓楼の主の助左衛門(すけざえもん)らの旅に宗吉も同行していた。

その折り、宗吉は引手茶屋山口巴屋の男衆であった。それでも吉原会所の御用がいかなるものかを体験して、その才を見抜いた四郎兵衛が宗吉を会所の若い衆に奉公替えさせたのだ。

汀女のほうは十年の追われ旅で追っ手に不意打ちを喰らう気苦労など慣れていた。

「ちと退屈していた折りです、鬼が出るか蛇が出るか楽しみな」

と言いながらも道行衣の下の帯に差し込んだ懐剣を確かめた。

「姉様、そなたに短刀など振るわせる羽目にはなるまい」

監視される道中に一行の歩みが遅くなった。

「番方、灯りを入れますか」

宗吉が持参の小田原提灯に灯りを入れるかどうか訊いた。

薄暮(はくぼ)の空には三日月があったが街道は暗く、すでに旅人は旅籠に入っていた。

「まだ半里やそこいらはありそうだ、点そう」

と仙右衛門が答え、野仏の前で宗吉が肩に負った荷から小田原提灯と火つけ道具を出した。

幹次郎と仙右衛門はさらに監視の輪を縮めたと思える影の刺客の襲撃に備え、宗吉と汀女を真ん中にして、迎え撃つ態勢を整えた。

幹次郎は背に負ってきた木刀を手に引っ提げた。

だが、提灯の灯りが入っても包囲の輪は崩れなかった。

「どうする気か」

と呟いた仙右衛門に、

「それがしが先に立つ、番方はしんがりを願おうか」

「承知しましたぜ」

幹次郎と宗吉が肩を並べるように先頭を歩き、汀女を真ん中にしんがりを仙右衛門が固めた。

提灯の灯りが暗くなった街道の路面を照らす。

一行は黙々と進む。

殺気が漲ったのは間々田宿の灯りがちらほらと見える思川の乙女河岸を過ぎた辺りだ。

（来るか）

幹次郎一行の緊張も最高潮に達した。だが、ついに間々田宿に入っても刺客はその姿を見せなかった。

「野郎どもは白河までわっしらをいらいらさせる気ですぜ」

仙右衛門は田沼派の刺客たちはまず姿を見せるか見せぬかというこの駆け引きで幹次郎たちの気持ちを動揺させようとしていると推測した。

「十一年前とはだいぶ様子が違うか」

「お手並み拝見だ」

六つ過ぎの間々田宿の旅籠の多くが表戸を閉ざしていた。間々田宿は下町、中町、上町、土手向町と四つに分かれ、東照宮（とうしょうぐう）のある日光まで北に十五、六里という場所にあった。

宗吉が走り回り、宿場の外れ、土手向町にまだ灯りを街道に投げかけていた旅籠都賀屋（とがや）を見つけ、ようやく草鞋を脱ぐことができた。

四人でひと部屋だ。

「汀女先生、利根川の川越えをして五里近くよう歩き通されましたな。これで白河までの目処（めど）が立ちました。お礼を申します」

と仙右衛門が礼を述べた。

「番方に礼を言われる謂れはございませんよ。私どもは御用旅、当然のことです」

一行は湯にも入らず、手足の埃を洗い流しただけで道中着のままで夕餉の膳につき、そそくさと食した。

夜具を敷き並べた部屋の一角で汀女は白河紀行を書き綴った。

「明日は宇都宮宿までおよそ道程九里（約二十九キロ）にございます。汀女先生、明日の具合で馬を雇いましょう、遠慮は無用ですぞ」

寝る前の一服を吸う仙右衛門が汀女に気を遣った。

「吉原を発つときから自らの足で道中を楽しもうと考えてきました。皆様に迷惑をかけるようなれば馬の背にも揺られましょうが、私の我儘を許してくださいな」

と筆を手にした汀女が笑顔で応じた。

「さすがに十年、神守様と旅をしてこられた汀女先生だ、並みじゃねえ」

と感心してみせた仙右衛門が煙草盆に煙管の灰を落として、

「さて寝るか」

と夜具の上にごろりと横になった。

刺客の襲撃を考えて旅着そのままだ。

最後に行灯の灯りを吹き消して横になったのは汀女だ。

男たちも江戸から十七里（約六十七キロ）余を歩き通して草臥れていた。若い宗吉はぐうぐうと鼾を掻いていた。

廊下に置かれた有明行灯の灯りがうっすらと男たちの眠りを浮かび上がらせた。

「幹どの、お休みなされ」

と声をかけた汀女が横になり、夜が深けていった。

幹次郎は熟睡する中、
ぱちぱち
と物が弾けるような物音に目を覚ました。

鼻腔になにかが燃える臭いが漂ってきた。

うーむ
と半身を起こして部屋に漂う煙に気づいた。

「仙右衛門どの、宗吉、姉様、火事のようじゃぞ！」

幹次郎の声に、

がばっ
　と真っ先に仙右衛門が飛び起き、辺りを見回すと、

「宗吉、起きよ」

と命じた。四人は火事に気づいた旅籠の奉公人が立ち騒ぐ声を聞きながら、身仕度をした。

　旅着の四人は手許の荷を背に負えばそれで仕度はなった。

「火は外からのようだな」

　幹次郎が姿勢を低くして言うとそれに応えるように、

「火事だ、火つけだぞ！」

　という声が階下からした。

「神守様、まさか奴らではありますまいな」

　火つけとの声に、正体を未だ見せぬ刺客が火をつけたのではないかと訝しんだ。

「それがしも考えんでもない。ともかくこの場から逃れることだ」

「よし、行きますぜ」

　幹次郎は汀女の手を引くと低い姿勢はそのままに廊下に出た。もう一方の手には木刀を翳していた。

煙が廊下を漂い流れていた。

同宿の旅人の中にはまだ眠り込んでいる者もいた。

「火事だぞ、起きよ。早々に避難致せ！」

幹次郎が木刀で障子を叩き、叫ぶところに二階の廊下の奥からいきなり火炎が上がり、吹き寄せてきた。

幹次郎はその灯りで階段の在り処を知り、

「ささっ、こっちだ」

と汀女たちを誘導して階下に駆け下りた。

一階では奉公人たちが右往左往していた。中には荷物を運び出そうという男衆もいた。

「まだ二階に客が残っておる、早々に立ち退かせよ！」

大声で命じると女衆のひとりが手にしていた鍋を箒の柄でがんがんと叩いて、

「客人、二階の客人、火事だよ。逃げなせえよ！」

と喚いた。

表戸から炎が吹き込んできた。

「裏口はどこだ」

幹次郎の問いに奉公人のひとりが、

「こっちだよ」

と案内していった。

裏戸はすでに逃げた者がいるのか開け放たれていた。

「仙右衛門どの、あやつらが待ち受けていないともかぎらぬ。それがしがまず先に出る」

「お願いします」

幹次郎は木刀を翳して裏戸から飛び出した。

だが、その辺りに人の気配はなかった。

「大丈夫だ」

仙右衛門ら三人が姿を見せた。

夜空が赤々と燃えて、辺りに火花を散らせていた。

旅籠の裏手に小川が流れているのが見えた。流れを炎が染めていた。

対岸に水車小屋があって木橋が架かっていた。

「姉様、こっちだ」

小川を渡り、水車小屋に避難して四人はようやく火事場を振り向く余裕ができた。

旅籠の板屋根に火が移り、猛炎が立ち昇っていた。

戸口から続々と客たちが走り出してきた。

「こっちに来い」

と宗吉が声を嗄らして誘導した。

旅籠の横手にある路地の向こうに表通りが望めた。そちらにも野次馬か、避難した客か、大勢の人々が走り回っていた。

汀女はそのとき女六十六部の姿を見た。

女は独り忘我として炎を見つめていた。

第四章　五人の雛侍(ひなざむらい)

一

都賀屋の火事のあと、投宿(とうしゅく)していた年寄りがひとり見つからず、結局焼け落ちた旅籠の跡から焼け焦(こ)げた骸で発見された。

火事騒ぎで仙右衛門らの旅程は半日遅れることになった。仙右衛門らは現場に残り、宿役人(しゅくやくにん)の調べを受けることになったからだ。

四人の調べが終わったときには昼近くで、

「火つけ」

の噂の出所が判明した。

通りを隔(へだ)てた旅籠の客が夜中に厠(かわや)に立ち、格子窓から白い衣装を着た六十六部と思える数人が旅籠都賀屋の表と横手の数箇所に枯れ草や枝を積み上げ、火を放ったのを見ていたのだ。

直ぐに、

「火事だ、火つけだ！」

と叫んだが火の回りも早かった。

「幹どの、私も火事騒ぎの通りにあの女六十六部が立っているのを見ました」

「なに、姉様もか」

「直ぐに人混みに紛れて姿を消しましたがな」

「火事の発見者は六十六部が数人いたと宿役人に話したそうな。汀女先生の見知った女六十六部とは仲間でしょうか、それとも偶々別の女六十六部が火事場を通りかかっただけか」

「まず仲間と見たほうがよかろう」

仙右衛門の言葉に幹次郎が応じた。

「すると六十六部らはわれらを狙う刺客ですか」

「まずそう考えて行動したほうがよい。無辜(むこ)の年寄りを焼殺(しょうさつ)するなどなんとしても許せぬ」

仙右衛門が頷き、

「ちと遅くはなりましたが、少しでも先を急ぎましょう」

と旅立ちを告げた。予定では今日中に宇都宮宿まで辿りつくはずだった。それが半日ほど遅れることになった。

火事騒ぎで騒然とした間々田宿から一里二十五丁（約六・七キロ）の小山（おやま）へと移動し、朝餉と昼餉を兼ねた食事を摂った。さらに新田（しんでん）、小金井（こがねい）、石橋（いしばし）まで足を延ばし、石橋宿の旅籠に宿りを乞うた。

その折り、仙右衛門が番頭に、早発ちするゆえと部屋を階下に願い、旅籠代を宗吉にその夜のうちに支払うように命じた。

玄関の土間に接した部屋を取ることができた。

「番方、今宵も六十六部が襲うてこぬともかぎらぬ。男三人交代で不寝番（ねずばん）を致そうか」

幹次郎の提案に仙右衛門が頷く。

仙右衛門と幹次郎だけが夕餉の際に徳利一本の酒を呑んだ。まず最初の不寝番を宗吉が望んだからだ。二番手は仙右衛門、最後は幹次郎と決まり、夕餉を終えた宗吉が帳場に旅籠代を払いに行った。

宗吉を残して早々に寝に就いた。

宗吉が五つ（午後八時）から四つ半（午後十一時）まで頑張り、仙右衛門が九つ半（午前一時）まで、最後に幹次郎が八つ半（午前三時）までと交代で不寝番を続けたが、その夜は六十六部の火つけは姿を見せなかった。

一行はいつもより半刻ほど早く草鞋を履いた。

まだ街道は深い闇が覆っていた。

宗吉は旅籠の有明行灯の灯りを持参の小田原提灯に移して、一行の先に立ち、道を照らした。

ひたひたと一行は進む。

石橋の次なる雀宮は一里二十三丁（約六・五キロ）、中ほどで下総結城に向かう、

「結城道」

の分岐、追分があることを幹次郎は道中図会で承知していた。その手前の、鞘堂地蔵に差しかかったとき、幹次郎が宗吉の肩を摑んで止めた。

「待ち人がおるようだ」

幹次郎は背に負っていた木刀を下ろすと、

「番方、用心してくだされ」

と声をかけた。

「合点でさあ」

幹次郎は右手一本に木刀を提げ、ふたたび進み始めた。その左後方から宗吉が提灯を突き出すようにして幹次郎の前を照らしていく。さらに汀女が続き、しんがりはいつものように仙右衛門が務めた。

鞘堂地蔵は古き書付『日光駅程見聞雑記』によれば、

「是は小山・宇都宮合戦の刻、戦死のものの鞘を埋みて上に堂を立、地蔵を安置せし故、鞘堂地蔵と云。安産の願をかくれば霊験あり」

という。

幹次郎の前方にひとりの白衣姿が浮かんだ。さらに路傍の暗がりから五人の六十六部が姿を見せた。

背に笈はなく、身軽な出で立ちで錫杖だけを携え、戦う覚悟だ。

幹次郎は道中羽織を脱ぐと汀女に預けた。

「われらの行く手を塞ぐは事情があってのことか」

幹次郎の問いに無言を通す六十六部との間合は十間（約十八メートル）に近づ

いていた。

「神守様」

仙右衛門の声に振り向くと後方にも同じ数の仲間がいて、錫杖を構えていた。

錫杖は重い笈などを背に負う助けにもなり、護身用の棒にもなった。五、六尺（約百五十〜百八十センチ）の長さの固木の先端には鉄の輪がいくつか嵌められていた。その鉄輪が鳴った。

「その方ら、法華経を諸国の寺に奉納して歩く行脚僧とは真っ赤な嘘、偽六十六部であろう。昨夜、間々田宿で火つけを働き、旅の年寄りを殺したは許し難し」

前方の六十六部だけを幹次郎は狙っていた。

こちらもすでに錫杖を構えて襲いかかる構えだった。だが、六十六部らは間違いを犯していた。幹次郎が薩摩示現流という乱戦に有効な剣技の持ち主ということを知らなかった。

幹次郎は木刀を立てた。立てた瞬間、

「きええつ！」

という怪鳥の夜鳴きにも似た気合い声が幹次郎の口から発せられ、猛然と白衣の群れに突進していた。

六本の錫杖が横たえられ、突きの構えを取った。

幹次郎は間合三間（約五・五メートル）に迫ったとき、跳躍していた。高々とまだ暗い空に舞い上がった幹次郎の口からふたたび、

「ちぇーすと！」

という叫びが漏れた。

六十六部らの群れの真ん中に飛び込みつつ、木刀が叩き出された。突き上げようとされた錫杖二本をへし折った木刀がひとりの六十六部の脳天を叩き割った。

げええっ！

血反吐を吐いて斃れる傍らに着地した幹次郎の体は一瞬としてその場に止まらず前後左右に飛び跳ねつつ、木刀を振るい回った。

提灯を下げた宗吉は敵に囲まれていることを忘れて修羅か鬼人のような幹次郎の動きを凝視した。

一陣の旋風が吹き終わり、足や肩を打たれて倒れた六十六部が苦悶していた。

幹次郎は後ろに走り戻った。

後方の仲間は幹次郎の戦いぶりに圧倒されたか、呆然としていたが、

「引き上げじゃ！」

という女の命に脱兎の如く逃げ散った。

幹次郎は木刀を下げた構えで、

「女六十六部、そなたらがこの神守幹次郎を討つ気なれば、相応の覚悟をして参れ。相分かったか」

と闇に潜む者に告げた。

だが、答えはなかった。

「参ろうか」

幹次郎は三人の元に戻ると視線を雀宮の方角へと向けた。すると幹次郎が倒したはずの六十六部の六人の姿が忽然と消えていた。

「奇怪な技を使うとみえる」

幹次郎らは血の臭いが漂う戦いの場をすり抜け、結城道の追分まで小走りで進んだ。

歩調を戻した一行は雀宮へと粛々と進む。

「ようやく姿を見せましたな」

「こちらの手の内を明かしたゆえ、次はいかなる策で来るか」

「安永五年の戦いがふたたび始まりました」

「ほんとうの戦いはお香様と会ってからじゃぞ」

「いかにも」

自らの気持ちを引き締めるように仙右衛門が答えた。

一行は夜の明けた宇都宮城下を抜けた。

「当町は日光道中第一の繁盛の地にして、町四十八丁、通りぬけ四十丁余」

と『細見』にあるように、下野国の最大の都であった。

この城下の南新町通りから日光道中と奥州道中が分岐した。

「まず日中は襲ってはきますまい」

一行は奥州道中と刻まれた石の道しるべに従い日光道中に別れを告げ、下之宮の時鐘の前を通過した。すると陣中膏がまの油売りの口上が一行の耳に聞こえてきた。

「さあて、お立会い、それがしここに取り出だしたるは陣中膏四六のがまの油だ。縁の下や池にいるがまとがまが違う。そんじょそこらのがまには薬石効能がござらぬ。じゃがそれがしのは常陸国は関八州の霊山筑波山で捉まえた四六のがまだ。四六、五六はどこでお分かりかご存じか。前足の指が四本、後ろが六本、これを名付けて蟇蟬噪は四六のがまだ。一年のうち、五月八月十月に捉えるところから五八十の四六のがまという」

口上を述べていたがまの油売りが幹次郎ら一行を見ると、

「あいや、木刀を負われた武芸者のご一行、ちと待たれよ。そなた方の前には風雲難儀が待ち受けておるぞ、とくにご新造様に凶相があらわれておる。しばらく足を止め、わが口上を聞いていかれよ。ご新造様の凶相、それがしが取り省いて進ぜる。さすればご一行の難儀も霧散し、楽道中と変じよう」

幹次郎は仙右衛門と頷き合い、足を止めて見物することにした。一行四人が足を止めたせいか、がまの油売りの侍の前に人垣ができた。

「さあて、お立会い、このがまから膏薬をとるにはどうするか。筑波山の麓の杣人が山に分け入る。木の根、草の根を深く分けて大葉子という露草を喰らい育ったがまを艱難辛苦の末に探す。このがまを四角四面の鏡張り、下金網の箱へと閉じ込める。小心者のがまは鏡に映ったおのが醜い姿に驚いて、たらりたらりと油汗を流す。これを集めて三七、二十一日間、柳の小枝を焚いて煮詰める」

見物の衆は壮年の武士の巧みな口上に聞き惚れていた。

時世が時世だ、世の中に職を失った浪人が無数に溢れていた。そんな浪人に仕官の口などあるわけもない。身過ぎ世過ぎのがまの油売りをする浪人者がいてもおかしくない。

幹次郎はがまの油売りの腰の一剣を注視していた。

塗りの剝げた鞘だが、腰にぴたりと納まった様から、浪人がなかなかの腕前であり、持参の剣もなかなかの名刀のように思えた。

口上はいつしか進み、がまの油売りが剣の柄に手を掛けた。

「さあて、お立会い、それがしの腰の一剣、ご存じ相州五郎正宗と言いたいが、がまの油売りの腰に携える剣ではない。それがしの先祖が関ヶ原の戦いから拾ってきた謂れの刀にござる。無銘ながら刃渡り二尺五寸（約七十五センチ）の大業物だ、とくとご覧あれ、ええいっ！」

気合い声を発して剣が引き抜かれた。

幹次郎は身幅の厚い豪剣かなと見守った。

「抜けば玉散る氷の刃、津濫沾沌玉と散る。刃こぼれひとつない、錆ひとつない。鈍刀とはわけが違う。実によく斬れるぞ。ただ今より試し斬りを致す」

がまの油売りの侍は懐から半紙を取り出し、

「ほれ、種も仕掛けもござらぬ。これを一枚が二枚、二枚が四枚、四枚が八枚、八枚が十と六枚、十六枚が三十と二枚、三十二枚が六十と四枚、六十四枚が百と二十八枚、見事に斬れ申した。かように頭上へと散らせば比良の暮雪か吉野の桜吹雪……」

身幅の厚い剣で綺麗に切り分けた様に、幹次郎の観察が当たっているように思えた。

投げ上げられた百二十八枚の紙片の下に入ったがまの油売りは手にしていた無銘の豪剣を両手に持ち替え、腰を入れて一閃二閃させた。

なんと紙片がさらに空中で細かく両断され、雪と見紛う小さなものへと変じていく。裁断された紙片はひとつとして地表に落ちることなく振るわれる刃に躍らされるように切り分けられるのを待ち、虚空を舞っていた。

おおおっ！

というどよめきが見物の群れから起こり、最後にがまの油売りの刀が大きく振るわれると虚空にある無数の紙片が雪嵐となってはらはらと汀女の体だけに降りかかった。

「ご新造様、これでそなたに憑いた凶相は取り省かれ申した」

がまの油売りは静かに豪剣を鞘に納めた。

汀女が会釈を返し、幹次郎が、

「お見事な腕前、感服致した。お手前、さぞ高名な武芸者にござろう。姓名とご流儀をお聞かせくだされ」

と願った。

「武士の魂(たましい)はすでに売り払い申した。ただ今はしがないがまの油売りにござる。じゃが、御所望(ごしょもう)ゆえ昔の名前を頭の片隅から搾り出して名乗り申す。それがし、近江(おうみ)浪人杉武源三郎信胤(すぎたけげんざぶろうのぶたね)、剣は小野派(おのは)一刀流をかじり申した」

「世が世であれば何千石でお召抱えのお腕前とお察し申す。浪々の身は互いに苦労致すな」

「そなたは」

「用心棒で渡世を過ごす神守幹次郎と申す。また何処かでお会い致そうか」

「縁あらば再会の機もござろう。気をつけて道中参られよ」

杉武源三郎と幹次郎は最後に目礼(もくれい)をし合い、別れた。

奥州道中に入り、次に目指す宿場は二里二十五丁（約十・六キロ）先の白沢宿だ。

一行は上河原町(かみがわらまち)を抜けて田川(たがわ)に架かる幸橋(さいわいばし)を渡った。馬喰町に入り、いよいよ奥州道中に踏み出したことになる。

「杉武様と話が弾みましたな」

と汀女が話しかけたのは幹次郎が考え込んで歩を進めていたからだ。

「凄腕のがまの油売りにございましたよ」

と仙右衛門が汀女の問いに応じていた。

「只者ではないな」

幹次郎も答えた。

「女六十六部の仲間ですかえ」

「まずそう考えたほうがよかろう」

「なんと、杉武様は田沼一派の刺客にございますか」

「姉様、そう考えたほうが得心がいく」

「行く手にはなかなかの役者が揃うて待ち受けておると思える」

「それだけ田沼の残党は必死の足掻きを見せておるということであろう。もはや覆水は盆に返らず、時代の流れを反対に回すことは叶わぬのにな」

と幹次郎が嘆息し、空を見上げた。

それまで澄み切っていた空に黒雲が流れ、天気の変わり目を示していた。

幹次郎は仙右衛門に視線を巡らした。

「番方、去年のうちに田沼意次様は罷免され、今年に入り、減封の上相良城も没収された。すでに幕府に抗う力はございますまい。かような刺客団を組織するにはそれなりの力も金子も要ろう。だれか背後で糸を引いておられるな」

「へえっ、わっしらもそのことが一番気になる点にございました。七代目もあらゆるところに手を回して調べられ、黒幕はなんとかふたりに絞られました。石見浜田藩七万石の松平周防守康福様か、駿河河津三万石藩主の水野出羽守忠友様のおふたりにございます」

どちらも現役の老中職だ。

老中首座に就いたばかりの松平定信もなかなか手が出せない。

「松平様、水野様のご両者が密かに手を握っての策動ということは考えられませぬか」

「それもございましょう。四郎兵衛様はこたびの白河行きでそのことがはっきりすると考えておられます」

幸橋を十数丁来たところで追分に差しかかった。道しるべに、

「右はからす山」

とあった。烏山道の分岐だ。

幹次郎はひんやりとした冷気を肌に感じた。空をいつしか厚い雲が覆っていた。

「姉様、ひと雨来るかもしれぬぞ」

「雨もまた道中の一興ですよ、幹どの」

幹次郎は汀女の揚帽子の上に自らの菅笠を被らせた。

「番方、本日の泊まりはどこを考えておられた」

「火事騒ぎの遅れを取り戻そうと甘いことを考えておりましたがな、道中はお天道様次第だ。喜連川辺りまでのしたかったが、雨次第では白沢か氏家泊まりになりましょうかな」

「雨と相談じゃな」

気温がさらに落ちた。そのことが幹次郎らに奥州路へと踏み入ったことを感じさせた。

ぽつりぽつり

と雨が乾いた路面を叩いて、街道上にいた旅人や野良仕事の百姓は蜘蛛の子を散らすように地蔵堂の軒下に避難し、家へと走り戻ろうとした。

一行の前後に人影が消えた。

二

大粒の雨が降り出したのは松並木に入った辺りからだ。

「神守様、この雨は直ぐには止むとも思えませぬ。次の白沢宿で早泊まりと致しましょうか」

すでに一行の体を雨が濡らしていた。無理して進んだとしても白沢の先には鬼怒川が待ち受けていた。雨が激しくなれば川止めは必至だ。

「致し方なかろう」

亭々と続く松並木に守られ、暗くなった街道を黙々と進む。

「姉様、今少しの辛抱じゃぞ」

「案じなさるな、幹どの」

菅笠を汀女に譲った幹次郎の顔を雨の雫が間断なく流れ落ちていく。

道は緩い勾配の坂道に変わった。

稚児坂という。

坂道の上から雨が流れとなって一行の足元を襲いきた。

幹次郎は汀女の手を引き、片手に木刀を携えて川のようになった稚児坂を上がる。

頂(いただ)きが雨煙の中に見えた。

白くおぼろの影が行く手を塞いだ。

笈を背負った六十六部たちだ。

「番方、しょうこりもなく出おったぞ」

仙右衛門が菅笠の縁を上げ、

「雨の中にご苦労なこった」

と呟き、どうするかという風に幹次郎を見た。

「白沢宿はあの先だ。正面突破するより致し方あるまい」

「ならば参りましょうか」

一行はふたたび進み始めた。

幹次郎は顔を打つ雨をものともせず白衣の刺客を見据えて歩を進めた。間合が十数間になったとき、

「姉様」

と言いかけると汀女の手を離した。

六十六部は背の笈を下ろすと峠道を塞ぐように横へと並べ立てた。身軽になった一団は錫杖を構えた。

幹次郎は木刀を流し持つと、

「仙右衛門どの、この場に待たれよ」

と三人を残してさらに間を詰めた。

行く手の六十六部の半数が錫杖を投げる構えを見せた。

幹次郎は木刀を流し持ったまま、歩を止めた。

その瞬間、左右の松林の陰から六十六部がふたりずつ襲いきた。

幹次郎は反射的に左へと飛び、直刀を振りかぶった左手のふたりの六十六部へ木刀を旋回(せんかい)させた。

直刀と木刀がぶつかり、

きーん

という音を響かせて直刀がふたつに折れ飛んだ。木刀は動きを止めず相手の肩口を強打して押し潰し、もうひとりの腰を砕いていた。

一瞬の早業は雨煙の中で行われ、右手から襲いきた白衣のふたりがまた幹次郎の背へと迫った。

襲撃者は不思議な光景に接した。

幹次郎の体が消えたのだ。いや、反動もつけずに虚空へと舞い上がったのだ。その体が虚空で身を捻るように反転し、

「突き上げよ！」

「下りてくるところを仕留めよ！」

という仲間の叫びに襲撃者ふたりが直刀の方向を転じたとき、雨と一緒に木刀が頭上から襲いきた。

あっ！

幹次郎は驚愕するひとりの脳天を叩き潰すと着地してもうひとりの六十六部の体を体当たりで弾き飛ばしていた。その体が松の幹へとぶつかり、背を強打した相手は腰砕けにその場に失神した。

立ち上がった幹次郎は坂上を見た。

重い錫杖が何本となく飛んできた。

幹次郎は後退することなく錫杖に向かって踏み込み、木刀を縦横無尽に振るった。

かーんかーん！

という音が雨の中に響いて錫杖が悉くへし折られて幹次郎の足元に落ちた。

幹次郎の顔が坂上の六十六部を見た。

「女六十六部どのはおられるか」

六十六部の群れが左右に開いた。

天蓋をひとりだけ被った女六十六部が、

「吉原会所が頼りにするはずかな」

と初めて口を開いた。しわがれ声だ。

「そなた、名はなんと申す」

「二つ段平の駄羅女にございますよ」

段平とは幅の広い刀をいう。

「変わった名よのう、雌雄を決するはこの場かはたまた他所か」

「白河城下まではまだ時がある、神守幹次郎」

六十六部の女頭領二つ段平の駄羅女の姿が、
ふうっ
と後退し、六十六部らが左右からその前に立つと街道を塞いでいた笈を抱え、女頭領のあとを追うように激しい雨の中に消えた。

一行四人は白沢宿の旅籠の一軒に運よく部屋を取ることができた。その上、雨に濡れた旅人のことを考えた旅籠では湯を立てて待ち受けていた。

まず汀女を湯殿にやって濡れた体を温めさせた。

その後、男三人がそろって湯殿に行った。

旅人の多くは川止めになるのを恐れてか、鬼怒川の渡しに乗ろうと先を急いだようだ。白沢宿で足を止めた旅人は少なかった。

幹次郎は湯を被り、湯船に身を浸けて、
ふーうっ
と思わず安堵の息を吐いた。

「神守様、容易くは白河へと辿りつけませぬな」

「番方、これが御用旅だ」

「いかにもさようで」

「雨に打たれるときもあれば、こうして湯船でのうのうと手足を伸ばす至福もある」

「禍福(かふく)は糾(あざな)える縄の如しでございますか」

「また今宵にも六十六部が襲いくるやもしれぬ」

「交代で起きている他はございますまい」

湯船から上がった幹次郎に宗吉が、

「神守様、背中を流させてくださいな」

と糠袋を手に幹次郎の背に回った。

「そのようなことをしてもらっては罰が当たろう」

「神守様おひとりがお働きで、私はただでくの坊のように突っ立っているだけです。これくらいしないと体が鈍（なま）ります」

宗吉が幹次郎の背をごしごしと擦り始め、

「ああ、なんとも極楽かな」

と幹次郎は思わず呻いた。

雨は間断なく奥州路に降り続いていた。

幹次郎らが湯から上がり、生き返った思いで部屋に落ち着いたとき、旅籠にどやどやと旅人が入ってきた。

鬼怒川の渡しに乗り込もうとした連中が結局急な増水で川止めに遭い、河原の渡し場から引き返してきたのだ。

「姉様、われらは運がよかったぞ」

「そのようですね」

雨のせいで早い刻限に旅籠に入った汀女は、幸運を喜びつつ白河紀行に筆を入れていた。

「神守様、夕餉にはまだだいぶ間があるようですが」

と宗吉が盆に熱燗の酒と丼に大盛りの青菜漬け、さらには汀女のために田舎饅頭に茶まで載せて運んできた。

「男衆の宗吉さんにそのようなことをさせて申し訳ないことです」

汀女が慌てて筆を置いたが宗吉は、

「汀女先生、暇に飽かして私が勝手にやったことです、気にしないでくださいな」

と畳の上に盆を置いた。

「気を利かせたな、宗吉」

と番方が新入りの若い衆を誉め、幹次郎に杯を持たせた。

「雨もまたよし、湯上がりの酒は美味(うも)うございますぜ」

隣の部屋に客が入ったらしく急に賑やかになった。

男たち三人は杯を傾け、汀女は茶を喫して田舎饅頭を賞味した。

「宗吉さん、ことのほか饅頭が舌に甘く感じて美味ですよ」

と汀女が宗吉に礼を述べた。


旅籠の板屋根を叩く雨は二日二晩降り続き、三日目の夜明けに上がった。だが、鬼怒川の水位は上がり、上流から流木などが流されてきて渡し舟は出せないという。

雨は上がったがもう一晩旅籠に泊まらざるを得なかった。

「神守様、六十六部らもどこぞで退屈の虫を抱えていらついておることでしょう。明日から道中、用心せねばなりますまい」

「いかにも」

その翌日、川止めが解かれ、旅人たちはふたたび草鞋を履くことができた。

鬼怒川を越えて阿久津(あくつ)河岸に上がり、氏家、喜連川、佐久山(さくやま)、大田原、鍋掛(なべかけ)、越堀(こえぼり)、芦野(あしの)、白坂(しらさか)と二日がかりで進んだが、刺客たちが姿を見せる様子はなかった。

「白河城下にすんなりと入らせるか」

と仙右衛門が呟き、汀女に言った。

「汀女先生、ちょいと街道を外れてみましょうか」

「仙右衛門どの、どちらに参られますな」

「みやこをば　かすみとともに　たちしかど　あきかぜぞふく　白河の関」

「おや、番方は歌道にも明るうございましたか。能因法師(のういんほうし)の『歌枕』の白河の関はこの近くにございますか」

「ただ今の奥州道中より少し外れておるそうにございますが、無粋な六十六部どもを少しばかり引き回すのも一興かと思いましてな」

一行は街道を東に外れて白河の関に向かった。

古(いにしえ)より白河関は勿来(なこそ)、念珠(ねず)とともに東山道(とうさんどう)の要衝(ようしょう)で、

「奥羽(おうう)三関」

に数えられた。

だが、一行が訪れた白河関は廃墟と化し、関守もいなかった。それだけに平安京の御世以来、都の歌人文人を惹きつけた風雅(ふうが)に荒(すさ)みを加えて、旅心を誘う佇まいであった。

「芭蕉翁が、白河の関にかかりて旅心定まりぬ、と書かれたお気持ちが察せられ

ます」

荒れた関所跡の茅葺きを見つつ、しばし一行は足を止めた。

汀女は早速白河紀行を引き出して筆を走らせている。

幹次郎は、秋風が吹く関所跡に、

雅には　ほど遠き旅や　秋の風

と詠んでみた。

気づくと汀女が思案する幹次郎を見ていた。

「幹どの、なんぞ詠まれましたな」

「姉様はどうか」

「西行様、能因法師、芭蕉翁と数多の歌人俳人が詠まれた地で蛇足を加えることもありますまい」

「それがしならばよいのか」

「幹どのは素直な句詠みですからね」

「姉様はずるいぞ」

ふたりは思わず旅の緊張を忘れて言い合った。

「申されませ」

幹次郎は脳裏に浮かんだ言葉を告げた。

「雅には　ほど遠き旅や　秋の風」

と繰り返した汀女が、

「幹どのの心中が詠み込まれてよい句です。白河紀行に書き止めておきます」

と年下の亭主の句を誉めてくれた。

「下手な句を姉様が誉めてくれたところで、番方、最後の行程を参ろうか」

「へえっ」

「番方、私のために白河の関跡にお立ち寄りくださり、真に有難うございました」

汀女が礼を言い、一行は最後の二里半（約九・八キロ）を歩き出した。

夕暮れ、一行は奥州道中の最後の宿場、松平定信が藩主の白河城下近くに辿り着いた。

「思いがけなくも長い道中になりましたな」

仙右衛門がしみじみと呟いた。

五街道を監督する道中奉行支配の北の果てがここ白河だ。その先、津軽青森を経て三厩までは勘定奉行支配と変わる。

一行は城下外れの松並木に入ったとき、身を、

きりきり

と突き刺すような眼に迎えられた。

「お出迎えかな」

「そのようでございますな」

用心をしつつ歩を進める。だが、街道にはまだ人影があり、江戸から遠征してきた刺客たちも無闇に暴れる真似はできまいと幹次郎は考えていた。

枡形の道を抜け、二番町から幅七間（約十二・七メートル）ほどの小谷津田川を渡ると一番町と変わった。

この境に木戸があり、ここからが城下のようだ。

「番方、旅籠を見つけますか」

と宗吉が先行する様子を見せた。

「白河での宿は決まっておる、心配せんでもいい」

と仙右衛門が言い、夕暮れの城下を右に左に曲がりながら、抜けた。

「城はどちらにあるな」

幹次郎が訊いた。

「へえ、白河城は阿武隈川を北の要害にして建造されていましてな、今天守閣がご覧になれますよ」

頷いた幹次郎が、

「番方、しつこく付きまとう連中をわれらが宿まで導いてよいものか」

「白河城下に入ればあやつらも軽々に行動はできますまい。松平家の家臣の方々も黙っておられませぬでな」

と答えた仙右衛門が幹次郎らを案内していったのは横町の妙閑寺だ。

「この寺は鬼子母神を祀る寺として知られておりましてな、松平家とも関わりがございますので」

山門を潜り、本堂の前で一行は旅の無事を感謝して頭を垂れた。

その足で庫裏に向かった。

戸を叩くと直ぐに中から開けられた。

「おおっ、仙右衛門さん、見えられたか」

納所坊主と思しき壮年の僧侶が迎えた。

「鬼怒川で三日ばかり足止めを食っておりましてな、日数を無駄に過ごしてしまいました」

「和尚も、御年寄方吉松歌右衛門様も待ちかねておられますよ」

「大全さん、いらぬ気苦労をおかけ申して相すみませぬ」

「まずはお入りくだされ」

広い庫裏の土間に入ると数人の若い僧侶たちが夕餉の後片づけをしていた。

「お邪魔致します」

「濯ぎ水を用意させます」

「いや、井戸端に参り、旅の汚れを落としたほうが早かろう」

と仙右衛門が言うと、

「大全さん、紹介しておこう。こたび、七代目の代理を務められる神守幹次郎様とご新造の汀女様で、おふたりと吉原会所は一心同体と考えてくだせえ」

「ようも遠路はるばる白河まで参られましたな」

「造作をかける」

と幹次郎が短く答えるところ、大全が、

「仙右衛門さん、汀女様は湯殿に参られて湯に浸かられぬか、そのほうが早かろう」

と汀女を見た。

「それでは余りにも不躾な」

遠慮する汀女に、

「汀女様、郷に入っては郷に従えでございますよ。大全さんの指図に従いなされ」

と仙右衛門が言うと、大全が、

「祐念、女衆を湯殿に案内せよ」

と命じた。そこでようやく一行は旅装を解いた。

三

白河領は「道の奥」への入り口で、
「白川侯、此の藩は国甚だ小、且つ瘠なり、運漕に悪し、米は多しと雖も糶未だ不自由なり、是に於いて貧せり」(『東北風談』)
と評される風土であった。譜代、親藩が藩主を務める白河藩は十万石から十五万石の領地ながら痩せて一毛作がようやくの土地であったのだ。

その反面、

「城下甚だ華美なり、いずれ城下の繁華の国の農民大に困めり。士民共に生業に暇なくして文武を練る者固より鮮し」(『同上』)

といわれた。

荒廃した耕作地と華美な家風の領土は秀吉が政権の座に就いて上杉家が入封し、寛保元年(一七四一)に松平定賢が越後高田より転封するまでに上杉、蒲生、丹羽、松平(榊原)、本多、松平(奥平)、松平(結城)、松平(久松)八家が転々と交替させられたことでも分かる。これは明らかに譜代や親藩の大名家の治世の失敗を物語っていた。

元禄から寛保まで白河領では藩財政は行き詰まっていた。

松平直矩は父の代を含め七度に及ぶ転封を強いられ、そのせいで貯えとてなく、元禄五年(一六九二)、入封前の領地山形に借財を残したまま白河入りしていた。

直矩は藩の暮らしを維持するために前領主の租税法を踏襲しつつこれに当たり、家臣から領民たちへの借財の返済を中止させた。このために領民は家臣への新たな貸し金を拒絶して対抗した。これによりさらに家臣の困窮は深まった。

藩は領民や商人に対して、借財の元金の支払いは延期させ、利息を藩で補助する策を打ち出し急場を凌ごうとした。だが、藩財政が改善される兆候はなく、藩は借財のために身動きがならなくなった。このために家臣の一部には、

「潰し」

を願い出る者も現われた。潰しとは、

「負債が多きゆえに従僕、馬、武具の常備、そのほかの義務面目を保ち得ず出仕を停止し、支出を極度に減少し、家産の回復を計る」

という非常手段であり、武士の矜持と体面を忘れた方策であった。

松平家では幾度となく藩政改革が論じられ、領民に対して過酷な年貢負担の上に翌年分の年貢の先納を命じるまでに追い込まれた。このため、領民の中には耕地を放棄して流民となる者もあり、土地はさらに荒廃の度を増した。

領内には百姓一揆が頻発し、藩内は紛争にあけくれ、松平直矩の二代後の明矩は姫路へと再転封を余儀なくされた。

この荒れ果てた白河領内をのちに引き継いだのが、越後高田より入封した松平定賢であった。

定賢は白河領内の四十二カ村と石川十三カ村、岩瀬(いわせ)二十五カ村十一万石を頂いて入封し、明和七年(一七七〇)に死去した。その跡を嫡男の定邦が引き継ぎ、藩政改革は続けられた。

この定邦に嫡子なく、安永三年、田安宗武の七男定信が定邦の養子に入り、江戸を離れ白河入りした。

その背景には定信の英邁を恐れた田沼意次の策があったといわれる。

定信は荒廃した白河領内の実態に接し、まず改革を田沼政治の一掃から始めた。未だ江戸で実権を握る田沼の根本政策は、都市の御用商人を通じて農村から生産物を流通に乗せるに当たり、商人に過大な特権を与えたことだ。商人らは領主や家臣へ賄賂を贈り、口を封じることも横行した。

定信は商人に過大に特権を与えることを封じた。さらに農村自体を藩主がしっかりと掌握(しょうあく)して、国策の基本を農に置くように努めた。そのために領内の実態を知ることから始めた。その上で都市商人との対応、物価対策に言及し、さらには領民の思想の統一を図った。

農民に対しては、

一、貯穀

一、間引き防止、赤児養育の奨励
一、殖産興業
一、農民賞美
を敢行させ、農村人口を増大させて労働力を確保し、生産性を向上させようとした。

質素倹約を旨に働き、正しい暮らしを取り戻させ、それに従う者には褒美を与えた。百姓一揆を防止するためだ。

一方領民を監督差配する家臣団には犠牲を強いた。
常々の寄合に際しての料理は一汁一菜と制限し、俸給に従い暮らしを立てるよう、農民の手本になるような暮らしを厳命した。さらに、

一、忠勤の者への功賞
一、家臣の結党禁止
一、家中と農民の縁組禁止
を徹底させた。

この白河領内での実験は定信が幕閣に上ったあとも国政の場で継承され、「寛政の改革」

と呼ばれることになる。

とまれ。

定信が白河領主として実権を振るったのは、天明三年十月からわずか四年に過ぎない。その短い期間に白河領内は急速に改善されて、天明の大飢饉に見舞われた際も領内からはひとりの餓死者も出さなかった。

そんな若き定信の奮闘を支えたのが江戸は吉原から贈られた佐野村香の存在だったのだ。

妙閑寺の裏門を抜け出た幹次郎と仙右衛門は一瞬にして漆黒の闇に包まれたが、仙右衛門はひたひたと進み、幹次郎はそのあとに従った。

幹次郎にはどこをどう歩いているのか理解もつかなかった。

だが、安永五年にお香に従い、白河入りしていた仙右衛門は城下の細部も記憶しているようで迷うことなく歩を進めた。

妙閑寺に到着した一行は旅塵を落とし、夕餉を馳走になった。

その後、仙右衛門と幹次郎のふたりだけが和尚の導玄と面会し、その夜のうちに外出することになったのだ。

行き先は御年寄方吉松歌右衛門の屋敷だ。

「どうやら尾行がついたようだな」

幹次郎の囁き声に仙右衛門が薄く笑い、

「白河領でどれほどのことができるか、お手並み拝見ですよ」

と応じた。

「番方、田沼派の刺客を受け入れる者は白河城下にはいないと考えてよいのだな」

「神守様、それがそうも言えないので」

闇に仙右衛門の薄ら笑いが響いた。

「おるのか」

「田沼時代を忘れ得ないのは城下の金貸しや大商人たちですよ。こやつらは清き流れの阿武隈川よりも田沼時代の濁った水を好みやがる、今もって澱んだ水を渇望しておるので」

「頭領はだれか」

「阿武隈川の舟運で江戸と結びつきの深い廻船問屋の陸奥屋精五郎と、金貸しと分領内の紅花を一手に押さえる三春屋武右衛門のふたりにございます。おそらく田沼派の刺客たちもこのふたりと連絡を取り、塒を提供されていることでございましょう」

定信は陸奥の換金作物、蚕と紅花について以下のような考えを示していた。

「蚕は和漢共に大業と雖も其地其国により一得一失ある儀に候。能く分かつ申すべく、紅花等作り候儀も同様のこと」

として、養蚕業と紅花の生産を制限した。これは同時に農民が商品価値の高い生産に手を出し、農の基本を忘れることに対する戒めでもあった。

三春屋は白河藩の分領信夫地方で紅花と養蚕業に従事して分限者にのし上がった商人という。

「定信様も始末はできなかったか」

「藩政改革の半ばにして定信様は幕閣に上がられました。白河領内の改革が終わったわけではございません」

幹次郎は闇の中で頷いた。

仙右衛門の足が止まり、手が前方を指した。

今しも雲間を割って姿を見せた月光が照らす大きな帯が光って見えた。

那須火山群の三本槍岳付近に水源を持つ阿武隈川の流れだ。そして、三重の天守閣が夜空に聳えているのが見えた。南北朝期、結城氏が阿武隈の流れを北の防備として築城した小峰城が、さらに徳川の治世に移り、寛永九年（一六三二）、丹羽長重によって改築されて白河城と呼び替えられた城である。

「もう直ぐでございます」

吉松の屋敷が近いことを仙右衛門が告げた。

「吉松様とはどのような人物にございますな」

「国家老は吉村又右衛門様と申され、先の大飢饉に際して定信様に就任を乞われて定信様とともに飢饉を乗り切られ、今も藩政改革の中心におられます。この吉村様を補佐されて、御両家方、御四家方の六家が重臣として控えておられます。吉松様はこの吉村様の御年寄方をお務めにございます。吉村様の御年寄方と申すは御両家方、御四家方の次に位し、八人が就いておられます。吉松歌右衛門様は御年寄方でも筆頭御頭にて、定信様、吉村様の信頼厚き人物です」

「先ほど陸奥屋と三春屋のことを申されましたな、この者たちを庇護する重臣方はおられますか」

「大名家の転封は藩主以下小者に至るまで転じるわけではございません。入封の前より在方を支配する大名主や町方を監督する町年寄を白河では在代官とか町代官と呼び、その筆頭が在方代官頭取と呼ばれ、蜂野万五郎と申す者が務めております。この者が陸奥屋、三春屋と結託しております」

仙右衛門の足が不意に止まった。土塀を巡らした裏木戸の前だ。

「ちょいとお待ちを」

と声を残した仙右衛門が土塀に飛びついて手をかけると身軽にも塀を乗り越えて姿を消した。物音がしていたかと思うと裏木戸が直ぐに開かれた。

「参りましょうか」

門を下ろした仙右衛門は庭伝いに母屋とは渡り廊下で結ばれた離れ屋に向かった。

仙右衛門は着流しの上に裏にして羽織ってきた吉原会所の長半纏を表に返すと着直した。そうしておいて、雨戸をこつこつと叩いた。しばらくすると中で人が起きる気配がして、

「だれか」

と誰何する声がした。

しわがれた声は老人であることを示していた。

「仙右衛門にございます、歌右衛門様」

「参ったか」

だれかに小声で命じる気配がして、雨戸が中から一枚開けられた。開けたのは警固の小姓(こしょう)のようだ。

仙右衛門と和泉守藤原兼定を腰から外した幹次郎は縁側から廊下へと上がった。

行灯の灯りがぼおっと大きくなり、障子の向こうから、

「入れ」との言葉が聞こえてきた。

「夜分遅く参上しまして申し訳ございません」

仙右衛門が謝り、懐に持参していた様子の書状を、白髪を小さな髷に結い上げた老人に差し出した。

封書には宛名も差出人も記されていなかった。だが、吉松はそれがだれからのものか直ぐに分かった様子で両手に捧げ持って目の高さに上げた。

その行動は書状の差出人が松平定信であることを示していた。

「読ませていただく」

小姓が行灯の灯りを吉松の傍らに寄せた。

封を披(ひら)いた吉松は丁寧に書状を読み進んだ。読み終えたあともしばし沈思していたが、

「ご苦労であったな、仙右衛門。道中はいかがであったか」

と尋ねた。

仙右衛門が吉原を発って以来の出来事を報告した。片手で顔を撫でながら話を聞いた吉松が、

「やはりのう、吉原会所は動きを見張られていたか」

と呟くように言った。老人の表情にはどこかそのことを予測していた様子も見受けられた。

「吉松様、こたびの御用、神守幹次郎様のお働きで白河までなんとか到着することができました」

吉松の視線が初めて黙って控える幹次郎に行った。

「神守どの、ご苦労であった。怪しげな六十六部など白河城下においては決して狼藉(ろうぜき)は働かせぬ」

「神守幹次郎にございます。以後、お見知りおきくだされ」

「そなたのことは七代目から書状をもらって承知しておる。ご新造どのもご一緒とか、元気かのう」

「息災にて妙閑寺に安着(あんちゃく)してございます」

それは重畳、と答えた吉松が、

「そなた方にとってもわれらにとっても江戸への復路が問題でな」

「お香様にはお変わりなくお過ごしにございますか」

と仙右衛門が尋ねた。

「江戸に戻られることを一日千秋の思いで待っておられる」

「なんとしてもご無事に江戸へお連れ申すことが私どもの使命にございます」

「蜂野万五郎、陸奥屋、三春屋の会合が頻繁でな、国家老の吉村様はこの際だ、領内で一気に押し潰すかと申しておられるが、未だ白河藩は藩政が脆弱じゃあ、ここで無理もならずという穏健派の御両家方に反対されておる」

「江戸の定信様はいかが仰せでございますな」

「殿はお香様を無事に江戸入りさせることだけを念じておられる、それも密かにな。正室峯様はお香様のことをご存じない。できることとなれば密かに江戸に戻し、抱屋敷に密かにお住まいしていただくおつもりでおられる」

「田沼派残党と白河の蜂野万五郎らは定信様が寵愛なされるお香様をどうする気でございましょうか。江戸への道中、お命を縮めようと考えておるのでございましょうか」

「仙右衛門、直ちに暗殺ということはあるまい。つらつら考えるに定信様の一番の弱み、お香様の身柄を確保して先々に交渉の手札として利用しようと考えておるのではないか」

仙右衛門が、

うーむ

と唸って、

「吉松様、われらは無傷でお香様を江戸へお連れすることが一番の使命にございますな」

「念には及ばぬ」

「出立はいつにございますか」

「明日、城中より町屋へとお身柄をお移し申す。お香様に何事の支障もなければ明後日に白河を発つことを考えておる。国境までは藩の護衛が付く」

「その後はわれらだけにございますか」

「お香様はお乗物で道中なさる。陸尺四人と警固に家中の腕自慢を五人付ける。この者たちは定信様配下の近習衆で信頼が置ける。だが、何分、若いゆえ危難に遭うたとき、どう対処すべきか迷おう。そなたらが頼りになる、仙右衛門、神守どの」

　ふたりは頷いた。

「明日、若侍たちを妙閑寺に差し向ける。面談の上、道中のことなど打ち合わせ致せ」

「承知しました」

　仙右衛門が頷き、

「お香様といつお会いできましょうか。神守汀女様とお引き合わせしとうございます」

「町屋に移った段階でそなたらに連絡(つなぎ)を入れる。蜂野らに知られたくないで移る先などは少数の者しか承知しておらぬ」

　仙右衛門が幹次郎を見た。

「神守様、お尋ねすべきことがございましょうか」

「吉松様、お香様がお乗物を捨てる事態に直面致した折り、われらと一緒に徒歩での道中は続けられましょうか」

「それはちと無理かと思う」

　吉松はしばし迷った末にその理由は告げなかった。

首肯した幹次郎は、

「われらが知るべきこと、他にございましょうや」

「蜂野万五郎じゃが、剣術は甲乙流、槍術は風伝流の達人にて城下で道場を開き、下士や郷士の子弟を門弟に集めて手下にしておる、油断ならぬ人物である」

「在方代官頭取と申されましたが、この者、江戸までお香様を付け狙う田沼派の刺客に加わるとお思いですか」

「それを恐れておる」

と吉松歌右衛門が苦虫を嚙み潰したような顔で言った。

四

仙右衛門と幹次郎が吉松屋敷を出たのが四つ半の刻限であったろう。城下町を薄く月光が照らしていた。

「ちょいと城下なんぞを覗いていきますか」

仙右衛門は来たときとは違った道を妙閑寺へと帰るようだ。幹次郎に城下を見物させるというより、尾行する刺客を引き回してその正体を確かめようという気持ちのようだった。

「番方、われらはお香様おひとりを江戸にお連れするわけではなかったな」

「なにしろ老中首座松平定信様寵愛のご側室でございますからな。とは申せ、警固の五人の若侍は別にして、陸尺四人にお女中がつくとは却って面倒にございます」

吉松は最後にお香つきのお女中ねねを世話係りとして同行させてほしいと願ったのだ。

「お香様をお守りすることに専念致さばよいかと考えてきたが、目算が狂い、厄介になった」

幹次郎の正直な気持ちだ。

「なんぞ工夫がいりますな」

築地塀に石畳の道が石の階段に変わり、行く手から冷たい風が吹いてきた。

白河城は阿武隈河畔の盆地の独立した丘に築かれた平山城だ。

寛永六年（一六二九）、幕府の許しを得て四年の歳月をかけ、石垣積みの近世風の城郭に改築した。それは偏に白河が北の関門であったからだ。

本丸は東西五十六間（約百二メートル）、南北三十二間（約五十八メートル）、その東北の隅に三重の天守が聳え、それを中心に竹の丸、帯曲輪を構え、これを取り巻くように二の丸、三の丸が配置されていた。本丸から三の丸は、高さ二間（約三・六メートル）から六間（約十・九メートル）の石垣であった。

どうやら帯曲輪の一角に出たようだ。

雲に隠れていた月光がふたりの姿を浮かび上がらせた。同時に監視者をもふたりの視界に捉えさせた。その姿は白河藩士のように思えた。

ふたりはゆっくりと行く手に立ち塞がる一団七、八人に向かって歩いていった。

仙右衛門はすでに道中差の柄に手をかけていた。だが、幹次郎は両手をだらりと垂らしたままだ。

間合が五、六間と詰まり、ふたりは足を止めた。

「深夜徘徊致すとは怪しき奴ばらじゃな、何者か」

若い声が誰何した。

「江戸から白河に御用で参った者にございます。さるお方のお屋敷を訪ねてついこのような刻限になりましてございます。不審な者ではございませぬ、お通しくだされ」

「さるお方とはどなたか」

「それは申せませぬ」

「申せぬとはいよいよ怪しきかな」

「ご家中の方にございますな」

「われら蜂野道場の門弟である」

「ご門弟衆、明日にも今晩訪ねた屋敷の主より蜂野道場に挨拶を願いましょうか。そうなれば蜂野様が面倒なことになろうかと思いますがな」

「言を弄してすり抜けようとはいよいよ胡散臭い。道場まで連れ帰り、調べを致す。同道せよ」

「お断り致さばどうなさりますな」

「斬る」

「それは面白い」

仙右衛門がふてぶてしく言い放ち、

「なにっ、申したな」

と相手も応じて戦いの陣形を取り、剣を抜いた。

最初から闘争に引き込むことを狙っていた。

仙右衛門と問答する若侍を要（かなめ）にしての半円の構えだ。

幹次郎は石垣を背にして、和泉守藤原兼定を鞘ごと抜いた。

うーむ

という訝しい声を要に立つ若侍が漏らした。

「その方、剣をわれらに渡して同道するてか」

「お間違いあるな。白河城下で無益な血を流したくないゆえ、鞘のままお相手致そうと考えただけだ」

「大言（たいげん）を吐いたな」

一団が一気に殺気立った。

「おれが仕留める」

要の若侍が仲間に言った。

「権之丞（ごんのじょう）、ひとり手柄を立てる所存か」

仲間の言葉を他所に、

「見ておれ、勘次郎（かんじろう）」

と言った権之丞が八双（はっそう）の構えでするすると間合を詰めた。

仲間たちが権之丞に遅れじと半円を縮めた。

幹次郎は鞘ごと抜いた藤原兼定を自らの左へ、地擦りに流し、下げ緒を柄と一緒に持った。

権之丞が八双の剣を振り下ろしつつ突進してきた。

幹次郎も踏み込んだ。

戦いの火蓋が切られた。

幹次郎が振り下ろされる刃の下に身を投げると同時に地擦りの兼定を相手の胴に振るった。その動きは斬り下ろされる刃よりはるかに迅速で突進してくる権之丞の胴を、
ばしり
と抜き、横手に吹き飛ばした。

「おのれ!」

「こやつ、やりおるぞ!」

半円が乱れて襲いきた。

幹次郎は鞘に入った兼定を柔らかくも縦横に使いつつ、一人ふたりとその場に転がしていった。

一陣の旋風が吹き抜けたとき、地べたに若侍七人が倒れていた。

幹次郎は曲輪の一角を見た。その場にこの者たちの頭分が隠れて戦いを見物していることを承知していたからだ。

その闇の人物が動こうとしたとき、近くに灯りが浮かんだ。どうやら城内を巡察する家臣団らしい。

闇に潜む人物も気づいたか、

ふわっ

と気配を消した。

「わっしらもずらかりますか」

仙右衛門が道中差の柄から手を離し、幹次郎を先導するように走り出した。

翌朝、神守幹次郎は久しぶりに眼志流の居合の稽古をした。場所は妙閑寺に迷惑がかからぬように墓場の一角を借り受けた。

腰間の和泉守藤原兼定刃渡り二尺三寸七分を、

「浪返し」

とか、

「横霞み」

と言いつつ、丁寧にゆっくりと抜き打つ稽古だ。

一見緩慢とも思える動作で凄みはない。

だが、芸事万事俊敏な動きより緩やかな捌きにその真髄が隠されていた。体全体を駆使する緩やかな流れを会得するほうが迅速の技よりも何十倍も難しいのだ。

眼志流の小早川彦内老師は、身をもって幹次郎にそのことを体得させた。

そんな稽古を無心に続けていると墓石の間から、

「おお、ここにおられたぞ」

「稽古の最中、邪魔をしてはいけない」

「見物しながらお待ち申そうか」

などと言いながら若い家臣五人が姿を見せた。

幹次郎は動きを止めて、

「お手前方は」

と訊いた。

「お稽古の最中、邪魔を致しまして申し訳ございません。われら、御年寄方吉松歌右衛門様の命で江戸まで同道する者にございます。それがし、奥番平沼平太、同輩の四名は……」

「同じく奥番須川壱三郎」

「小姓組陣間米八」

「同じく阿部真之助」

「使番彦根與助にございます。以後、お見知りおきください」

と次々に朗々と名乗りを上げると、

ぺこりぺこり

と頭を順に下げた。

松平定信の近習衆というだけあって、白河藩でも大身の子弟なのだろう。すくすくと伸びた育ちのよさと鷹揚さを見せていた。

幹次郎は、

「ご丁寧なるご挨拶痛み入る。それがし、神守幹次郎にございます」

と応じた。

「そなた方は家中において剣術の腕利きと吉松様にお聞き致したが、ご流儀はいかがにございますな」

幹次郎は、お香の警固で江戸まで同道する五人の若者の技量を承知しておきたくて尋ねた。

「われら、田安家から定信様に随行なされ、松平家に入られた木村佐左衛門様の門弟にて先生の厳しい指導の下に新陰流を学びまして目録をいただいております」

と少し得意げに平沼平太が答えた。

(青侍を押しつけられたか)

と内心困惑する幹次郎に平太が、

「神守様、そなたが先ほどお遣いの居合術はなんとも長閑な動きにございますな」

と興味津々に訊いた。

「それがしが加賀領内に逗留中に小早川彦内老師から学んだ眼志流居合術にござる」

「あのような緩慢な動きで実戦に役に立つのですか」

育ちのよさを見せて問いにも遠慮がない。

「のう平太、あれなればわれらにもできよう」

と小姓組の陣間米八が会話に加わった。

「真似てご覧になるか」

幹次郎の言葉に米八が、

「ならば拙者が」

と墓石の間から見た眼志流の抜き打ちをなぞろうとした。

「おや、緩やかに抜き打つのはなかなか骨が折れるぞ、腰が定まらぬわ。こいつは難しいぞ」

「米八、そなたが神守様の居合の真似ができんのは分かった。それにしてもあのような動きを会得してもものの役に立つまいな」

と平太が首を傾げた。

幹次郎に悪戯心が湧いた。

「それがしの技がものの役に立つかどうか、そなたら、一斉に打ちかかってこられぬか」

「一対五人の野試合をなさろうというのですか。だれも竹刀の用意がございませぬ」

「お手前方の腰のもので構わぬ」

「えっ、刀で斬りつけてよいのですか」

「構いませぬ」

幹次郎は五人を囲むように立たせ、その真ん中に自ら入った。

「そなたらは藩主定信様の意に従い、お香様を警固して江戸に向かうお役を命じられた方々です。明日よりの道中、必ずや敵方が襲いきて、真剣のやり取りの場に身を置くことになります。それがしを刺客と思い、腕のかぎりに剣を振るわれよ」

五人の若者たちが顔を見合わせ、それでも頷き合った。だが、甚だ気合が不足していた。

「手を抜く者あらば斬る」

一転険しい口調に変わった幹次郎の宣告に平太たちの顔色が変わった。

「斬りつければ血も出ます、大怪我にもなりかねませぬ」

「お役はもっと厳しゅうござる」

此処(ここ)に至って五人は覚悟したように剣を抜いた。

正眼(せいがん)の者あり、上段の者あり、それぞれが得意の構えで幹次郎の隙を窺った。

だが、刀の柄に手も掛けぬ幹次郎に隙を見出し得ず、身動きができずにいた。

「来ずばこちらから参る、斬る!」

幹次郎が叫び、平太たちも追い詰められた。

「参ります！」

「敵と思え！」

「行くぞ！」

と互いに声を掛け合い、一斉に幹次郎に躍りかかった。

五人の若侍らを動かしておいて、幹次郎が五つの刃の間を優雅にも舞い動いた。

いつの間に抜かれたかその手には藤原兼定が翻り、

「眼志流横霞み」

などと言い放ちつつ、刃は光に変じていた。

平太らも必死の勇気を奮って得意の技で幹次郎を仕留めようとした。だが、腰に冷たい感触を感じて、一瞬立ち竦み、相手の姿を見失った。

幹次郎が鞘に兼定を納める音が妙閑寺の墓場に響いた。すでに輪の外に幹次郎の姿は逃れ出ていた。

「なんとしたことか」

平太が動こうとしたとき、
ずるり
と袴が落ちた。

「あっ、平太、袴の紐が切られておるぞ！」

と叫ぶ陣間米八のそれも足元に落ちた。さらに残りの三人の袴が続き、

「おおっ、なんと」

「腰紐が斬られておるぞ」

「いつの間に斬られたか」

と呆然とする平太らが幹次郎を眺めた。

「どうなされたな」

がばっ
と五人の若者がその場に跪き、

「真にもって恥ずかしき次第にございます」

と平伏した。

「顔を上げられ、立たれよ」

幹次郎は五人を立たせ、

「庫裏に参ろうか、明日からの話もあるでな」

と優しく言いかけた。

妙閑寺の庫裏の板の間に神守夫婦に仙右衛門、宗吉、さらには平沼平太ら五人が対面していた。

「幹どの、お若い方々をからかってはなりませぬ」

事情を聞き知った汀女が幹次郎を咎めた。

平太らは汀女に淹れてもらった茶を喫して、喉がからからに渇(かわ)いていることに気づかされた。

「汀女先生、神守様は明日からの道中を思い、平沼様方に活(かつ)を入れられたのでございましょう」

と苦笑いした仙右衛門が、

「平沼様、われら、江戸から来る道中、幾たびも刺客に襲われましてございます。お香様を警固しての帰り道はさらに厳しい襲撃が繰り返されるは必定です。脅すわけではございませんが、われらの何人かは生きて江戸の地を踏めぬ者もございましょう。そのことをとくとお考えの上、剣を抜くような場面に出遭(でお)うたら決して迷うてはなりませぬぞ」

と注意を与えた。

「相分かった。われら、死を覚悟してお香様を江戸表に、定信様の下へとお届け致す」

平太が緊張の顔つきで応じ、

「われらは出立までなにをなすべきですか」

と幹次郎に訊いた。

四人の仲間も一様に頷く。まるで親鳥から餌(え)をもらう五羽の雛鳥のようだった。

「まず屋敷に戻り、旅仕度をなした上でだれぞの屋敷に集合して、新たな命を待ち受けなされ。御用のことは家族にも話されてはなりませぬ」

「仙右衛門どの、ならば、わが屋敷に仲間に集まってもらい、命を待ちます」

平太らは早々に妙閑寺から立ち去った。

「あの雛侍ども、もののお役に立つかどうか」

「幹どの、素直な若武者方です。旅を重ねられればきっとお役に立つ警固役になりになります」

「姉様、今日の明日に間に合いませぬ」

「そのような心配は無用です。私どもも同じように旅を重ねて知恵をつけてきたのですからね」

と汀女が笑みを浮かべ、悠然と言い切った。

「まあな」

と苦笑いする幹次郎に、

「お味方が揃ったところで神守様、われらの役目や帰路の策などお話しくだされ」

と仙右衛門は願った。

幹次郎、汀女、仙右衛門、そして宗吉の四人の真ん中に寺から借り受けた道中絵図が広げられた。

幹次郎の指が城の北側を流れる阿武隈川を指した。

それから一刻(二時間)、幹次郎の説明は続いた。

話を聞き終わった仙右衛門はしばし沈黙した。

「遠大な江戸への道中ですな。吉松様は明朝に出立せよと申されましたが、仕度が間に合いますか」

「なにしろ敵方が六十六部やら在方代官頭取どのやら大勢だ。できるだけ敵の勢力を散らしておきたい」

「そいつは分かっておりますが時間(とき)がございませんや」

「間に合わせていただこう。どこからわれらの策が漏れぬとも限らぬ、敵方に時を与えぬこともこの際大事であろう」

「わっしはこれから吉松様に面会致します」

「それがしはこれにて番方からの連絡（つなぎ）を待とう」

仙右衛門が庫裏から消え、幹次郎は汀女と顔を見合わせた。

第五章　身重道中

一

妙閑寺で神守幹次郎と汀女、宗吉の三人はひたすらお香との対面を待ち受けた。

だが、使いはどこからもやってこず、仙右衛門も戻ってこなかった。

「神守様、私が様子を見てきましょうか」

夕暮れの刻限、宗吉が言い出した。

「どちらに参られるつもりか」

「御年寄方吉松様のお屋敷に」

「そなた、吉松邸を承知ではあるまい。番方は吉松様と一緒におられるはずだ。今まで戻られぬということは未だ江戸行きの仕度が整わぬということであろう。

われらの手が要るようであれば連絡が来よう、それを待とう」

寺から供された夕餉の膳を三人は黙々と食した。

連絡が入ったのは五つ過ぎのことだ。三人は旅仕度を整え、使いの者に従った。

使いが捧げる提灯には吉松家の家紋が入っていた。

幹次郎は妙閑寺を出た途端に尾行がついたことを察した。

はたして三人が連れていかれたのは吉松屋敷だった。だが、昨夜と違い、表門から堂々と入ることになった。両開きの扉が大きく開けられ、篝火(かがりび)が焚かれた邸内の玄関先には乗り物がいくつもあって、陸尺たちが控えていた。

(なんとか間に合ったか)

胸を撫で下ろした幹次郎と汀女は、内玄関から奥座敷へと案内された。宗吉は玄関脇の供部屋に控えることになった。

奥座敷には吉松歌右衛門と仙右衛門が待ち受けていた。

「お待たせ申しました」

「ご苦労にございます」

吉松が、

「神守どの、そなたが考えた道中仕度を整えるのは大変であったぞ」

と疲労が漂う顔で言い、

「これでお香様は定信様のもとへ無事に参られることができような」

と念を押した。

「われら万難を排して御用を果たす所存にございます」

「頼む」

「お香様はどちらにおられますか」

「わが屋敷の離れ屋にすでに到着なされておられる。そなたらにお引き合わせ致そう」

吉松に導かれて離れ屋に向かった。するとお香が文机に向かい、文を認めていた。

「お香様、江戸まで同道する神守幹次郎どのとご新造の汀女どのにございます」

お香がゆったりとした動作で振り向いた。

「お世話をかけまする」

若いながら松平定信を支えてきた貫禄にふたりは圧倒され、その場に平伏した。

「それでは話もできませぬ。面をお上げください」

とお香の玉を転がすような声に促され、幹次郎と汀女は両手を畳についたまま顔を上げた。

お香は抜けるような白い肌をした細面に笑みを湛(たた)えて幹次郎と汀女に頷いた。

絶世の美女とはお香のことか、幹次郎も汀女も期せずしてそう考えた。

吉原が太夫に育て上げようとしたほどの禿だ。美形とは想像がついていた。だが、その想像を超えていた。

禿の蕾は吉原会所の思惑もあって運命の糸に操られるように白河入りし、松平定信の側室に相応(ふさわ)しき教養と知識を身につけたのだ。生来の美貌に知性が加わり、神秘ともいえる輝きを放っていた。

その上、お香の下腹はふっくらとした円(まる)みを帯びて懐妊していることを示していた。

ふたりの眼差しに気づいたお香は、

「このような身重(みおも)での江戸行きです。そなたらには一層の迷惑をかけよう、迷惑至極と思うがよしなに頼みます」

幹次郎と汀女はふたたび平伏して承(うけたまわ)った。

「汀女先生は、吉原で遊女らに文芸百般、文の書き方から歌道まで教えておられるそうな。道中、そなたが香に従ってくれるのはなによりの楽しみです」

「勿体なきお言葉にございます。私の手習い塾は皆様が集まり、気を抜く場所にございます。左程のことを教える力もございませぬ」

「なんの、薄墨太夫が片腕となり、遊女方の文を認める力がぐんと上がったと仙右衛門どのから伺いました。香の前では謙遜は無用ですよ、汀女先生」

とお香が話しかけた。

「われら夫婦をはじめ、供の者一同力を合わせてお香様の江戸入りに尽力します。ご苦労も多い旅かと存じますがわれらを信じてくださいませ」

「神守どの、香の身の無事はそなたの腕にかかっておることを承知しております。よしなにお頼み申します」

幹次郎は三度平伏した。

先ほどの部屋に戻ると仙右衛門が奥州路の道中絵図を広げていた。

「阿久津河岸には使いが走られましたか」

「吉松様の書状を携え、すでに旅立ちました」

結構と答えた幹次郎はさらに訊いた。

「平沼平太ら雛鳥は屋敷に待機しておりますか」

「へえっ、平沼屋敷に五人が雁首を揃えております」

と答えた仙右衛門が、

「城下じゅうが吉松屋敷の動きを注視しておりますぜ。まずお香様の江戸行きを家臣から領民までだれひとり知らぬ者はございますまい。それもこれも神守様のお指図で出立を内々に触れさせよとの命に従った結果でございますよ」

「それが吉と出るか凶と出るか」

「うまくいってもらわねば困ります」

と仙右衛門が真剣な顔で言い、幹次郎が、

「一日、いや、半日でもいい、時が稼げれば」

と祈るような気持ちで言った。

「お香様は領民に慕われたお方であろうな」

「お会いなされてお分かりの通りのお人柄にございます。お香様も定信様のお望みがなければ白河で生涯を過ごしてもよいと考えられたほどに白河に慣れ親しんで過ごしておられたそうな。当然のことに家臣や領民に慕われた女性にございますよ。わっしも久しぶりにお会いして、それがよく分かりました」

「仙右衛門どの、ご懐妊中とは驚きました。お腹の具合から早や六月か七月ですか」

と汀女がふたりの会話に入った。

「わっしもふっくらとしたお腹を見たとき、ぶっ魂消(たまげ)ましたぜ。定信様がお側にお呼びになるはずだ」

「道中、急ぐことは絶対に禁物です。幹どの、仙右衛門どの、往路の何倍も日にちがかかるやもしれませぬ」

「道中に時がかかればかかるほど刺客の襲撃の危険は増しますが、お香様ばかりか定信様の血筋のやや子を危うくしてはなりませんな」

「姉様、仙右衛門どの、白河領を抜けてからが勝負にござろう。長い戦いになる、まずは雛鳥五羽に命を発しますか」

と幹次郎が言い、

「ちいとばかり雛鳥ははばたついて驚きましょうな」

と仙右衛門が苦笑いした。

阿武隈川は西の奥羽山脈、東の阿武隈山地の間を北流し、途中社川(やしろがわ)、摺上川(すりかみがわ)の流れを加え、仙台平野へと出る。そこでさらに白石川と合流し、荒浜(あらはま)で太平洋へと流れ込む。

幕府は、寛文四年（一六六四）六月、信夫郡、伊達郡十二万石が米沢藩より直轄領になったとき、江戸へ年貢米回漕のためにこの阿武隈川の水運を利用することを思いついた。だが、水路が狭く、運送力に乏しかった。そこで大商人河村瑞賢に命じて水路を改修させ、河口荒浜への舟運が開通した。

寛文十年（一六七〇）のことだ。

以来、荒浜、高城、寒風沢で積み替えて、江戸廻米舟運が発展することになる。この阿武隈水運は仙台藩、白河藩ばかりではなく山形盆地の小藩も利用して、荒浜には米沢藩の蔵屋敷も設けられた。

阿武隈舟運を利して運ばれたのは年貢米だけではない。楮、大豆小豆、麦、油、紙、藍、煙草、蒟蒻などが下り船に乗せられ、江戸や上方から木綿、繰綿物、古着、太物が運ばれてきた。

八つ半、吉松邸の式台の前に乗物がつけられ、打掛姿のお香が女中衆に両脇を支えられて乗り込んだ。乗物には五人の若侍と女中が従い、江戸から来た四人の者たちも旅仕度で加わっていた。

「お発ち！」

まだ暗い屋敷に出立を告げる声が響き、行列は吉松家の主、家臣、奉公人に見送られて、ひたひたと進み出した。

直ぐに行列には在方代官頭取蜂野万五郎一味の監視の眼が張りついた。

行列は奥州道中を宇都宮方面へと向かわず、阿武隈川の河岸に向かった。そこには白河藩の御用船が待機して、国家老の吉村又右衛門らが見送りに出ていた。

お香の一行は見送り人と短く挨拶を交わし、御用船に乗った。

うっすらと光が差し始めた阿武隈川の流れに乗り、見る見る船影は遠のいていった。

川岸を慌てて走る人影が見られ、

「船を探せ、追え、追うのじゃあ!」

の叫び声が響き、半刻後に追跡船二艘が出た。

むろん追跡者は蜂野万五郎とその一統だ。だが、蜂野も老中首座の藩主に楯突こうという人物だ。すべての勢力を阿武隈川の追跡船に注ぎ込んだわけではなかった。

腹心の手代領家市蔵ら三人を吉松邸に残しておいた。

お香の御用船を追う追跡の船が出た直後、吉松の屋敷で動きがあった。

一旦閉じられていた門が片方だけ開けられ、乗り物を男女十人余りが囲んで黙々と城下を進み、原方(はらかた)街道から下新田(しもしんでん)、上(かみ)新田を経て、黒川(くろかわ)に向かった。

この原方街道は奥州道中の西に並行して走っていた。

「畜生、御用船はおとりかもしれぬぞ。早馬にて頭取に知らせねばなるまい」

「手代、それが目的やもしれませぬぞ」

「どういうことか」

「御用船から頭取らを引き離すことが狙いということです」

「ならばこの行列にはわれらがつく」

「たった手勢三人で、でございますか」

「領外に出れば江戸からの手勢が加わる手筈だ。新五郎(しんごろう)、このことを奥州道中国境に待機しておる女六十六部の二つ段平の駄羅女とやらに知らせよ」

「女六十六部で」

「甘くみるな、なかなかの腕前じゃそうな。われらは二番目の一行を追う。原方街道国境で落ち合おうぞ」

「承知しました」

二手に分かれた領家らの追跡が始まった。

さらに四半刻後、吉松邸の裏門より徒歩で五人の男女がばらばらに出ると近くの寺の境内に姿を消した。

それから間もなく宿駕籠と荷馬二頭が姿を見せ、城下から奥州道中に向かった。荷馬それぞれにふたりの馬子が従い、そのひとりは年若い女衆だった。

駕籠の傍らには菅笠を被った武士らが付き添っていた。

黙々と進む一行は城下の札ノ辻に差しかかった。すると朝にもかかわらずがまの油売りが商いでも始める様子で佇んでいたが、

「あいや、神守氏ではござらぬか。おや、ご新造もおられるぞ。おおっ、凶相は薄れておるな、重畳重畳」

と声をかけてきた。

「杉武どのか、白河城下までがまの油売りに参られたか」

「いかにもさよう」

と答えた杉武源三郎が、

「駕籠の中の御仁にお祓いなど授けて進ぜようか」

「先を急ぐ旅でな、これにて御免仕る」

「残念かな、また旅の空でお会いしたいもので」

「さらばにござる」

札ノ辻を通り過ぎる一行を見送る杉武の視線が険しくなり、

「おうおう、俄か駕籠舁きが腰がふらついておるぞ」

と不気味な笑いを片頰に浮かべた。

幹次郎の傍らに仙右衛門が寄ってきた。

「蜂野らの監視を躱せたと思うていたら、とんだ伏兵が残っておりましたな」

「杉武源三郎では致し方あるまい。奴は一匹狼と見た」

一行は鉤の手を曲がり、城下外れの小谷津田川の土橋を渡り、奥州道中へと出た。

「與助、しっかり担がぬか。お香様の気分が悪くなられるわ」

「平太、無理を申すな。初めて担ぐ駕籠じゃぞ、そううまくはいかぬ」

杉武が俄か駕籠舁きと見破った通り、先棒は白河藩の家臣の平沼平太で、後棒は彦根與助だった。

「これ、駕籠舁きが侍言葉で口喧嘩を致すでない」

幹次郎が叱った。

「はっはい」

平太が答えると駕籠の垂れの向こうからお香が、

「平沼、気の毒をさせるな。上様の近習衆を駕籠舁きに使うなど申し訳ないことです」

「お、お香様、そういうわけではございません。今しばらくご辛抱ください。さすれば駕籠の担ぎ方も覚えましょう」

と平太が必死に答えていた。

「平沼様、もうしばらく進んで交代致しますでな」

仙右衛門が後ろの馬子に顔を向けた。すると荷馬の馬子のひとりに扮した陣間米八が、

「なにごとも経験にございますな、ただ馬を引くようですが、こちらもなかなかこつが摑めませぬ。先ほどから馬に鼻先で背中をこつこつ突かれております」

と苦笑いした。

「米八、それでも駕籠と馬ではだいぶ違うぞ、あとで泣き言を言うな」

與助がぼやき、お香が、
ころころ
と駕籠の中で笑った。

「お香様、ご気分はいかがにございますか」

汀女が訊いた。

「駕籠とは申せ、街道を行くのは久しぶりのこと。垂れを透かして見る風景やら畑作地やらを楽しんでおります」

汀女が幹次郎を見て、

「幹どの、垂れを片方上げてはなりませぬか」

と訊いた。

「もはやわれらのこと、杉武源三郎に見抜かれておる。阿武隈川と原方街道に散った敵方が戻ってくるかしれぬが、その時はその時のことです。朝餉の刻限でもございますゆえ、どこぞに一膳めし屋を見つけて休みましょう。その折り、姉様、垂れを上げてくだされ」

数丁も進むと、街道脇に暖簾を上げたばかりの茶店を兼ねるめし屋を見つけ、平太が、ほっとした様子で、

「相棒、ゆっくりとお下ろし申せ」

と命じた。

「おおっ、だいぶ駕籠舁きらしくなってきた」

幹次郎に誉められた平太が、

「神守様に誉められ、嬉しいような哀しいような」

と答えて肩から棒を外した。

汀女が駕籠の傍らに膝をつき、腹がせり出したお香が駕籠から下りるのを介添えした。女馬子に扮した女中のねねが草履を揃えて出した。

「お香様、道中の間、二の膳付きの食事はご勘弁くださいませ」

「なんの、わが佐野村家の父が御儒者衆の御用を辞されたのち、裏長屋暮らしを何年も続けておりました。市井の食べ物なればどのようなものでも食します」

ゆっくりと立ち上がったお香が、

「おいしそうな味噌汁の匂いがいたしますな」

とにっこりと笑った。

一行に振る舞われたのは炊き立ての麦飯にむかごの煮物、葱の味噌汁と大根の古漬けだったが、お香は、

「やはり炊き立てのご飯は美味しゅうございますな」

と二杯もお代わりをし、

「ちとはしたないことでした、汀女先生」

「なんの、お香様はやや子がお腹におられます。一杯はやや子が食されたのです、しっかりと召し上がって丈夫なお子をお産みくださりませ」

一行は朝餉を食して、お香はふたたび駕籠に乗り込んだ。

今度は陣間米八と須川壱三郎が駕籠を担ぐことになった。

片方の垂れが巻き上げられた駕籠に乗り込まれたお香は、

「これで清々と道中の風景が楽しめます」

と和んだ表情を見せた。

二

白河城下の阿武隈河岸を出た白河藩御用船は流れに乗って順調に下っていた。

むろん御用船に乗るのは偽お香であり、神守幹次郎ら吉原会所の面々にもすべて家臣たちが扮装していた。

阿武隈川は白河城下を出ると、一旦大きく東に回り込み、奥州道中から外れた。

両岸に広がる長閑な秋の風景を愛(め)でながら、それでも流れに乗る御用船はなかなかの船足で下流に向かっていた。

半刻ほど遅れてそのあとを追跡することになった在方代官頭取蜂野万五郎らと一統を乗せた荷船二艘は、必死の追跡を続けていた。だが、なにしろ急に調達した荷船で船足は速いとはいえなかった。

「まだ船影は見えぬか」

万五郎が苛立ち、船頭に、

「櫓を添えて一気に漕ぎ下れ」

などと命じた。

奥州道中から大きく東に外れた阿武隈川は、須賀川宿から郡山城下近くでふたたび街道に接近した。

白坂から郡山まで奥州道中の宿場で九里十四丁（約三十六・九キロ）、ほぼ徒歩で一日の行程だった。だが、阿武隈川は大きくうねり、街道を行くより長い距離を航行していた。

夕暮れ、御用船は郡山宿外れの河岸に一日の旅程を終えて舫われた。

その停船作業の間に蜂野万五郎らの川船が追いついてきて、

「頭取、御用船を見つけましたぞ！」

という手下の叫び声を聞いた。

蜂野は二艘の荷船を御用船から離れた河原に停船させると、手下たちを近くの百姓家、めし屋などに食い物の調達に行かせる組、さらには御用船の様子を窺いに行かせる組とふたつに分けて船から下ろした。

御用船は河原で火を熾し、夕餉の仕度をなしているようだ。お香は船で泊まるのか、河岸の回船問屋に移る様子はない。

(追跡を恐れ、いつでも船を出せるように船泊まりか)

と蜂野が考えていると御用船の様子を見に行かせた手下がひとり、戻ってきた。

「頭取、どうもおかしい」

「なにがおかしい」

「お香様が厠を使われるので回船問屋を訪ねられたが、いつものお香様とは違うようだ」

「なんだと、夕闇の中だ。見間違ったのではないか」

「いや、お香様にしては貫禄というか風格がない」

蜂野万五郎の背に悪寒が走った。

(御年寄方吉松の古狸に騙されたか)

そこへ新たな手下が戻ってきた。

「頭取、お香様は女中が扮した偽者です。江戸から来た用心棒や町人も家臣方が変装した姿でございますよ」

と報告され、

「しまった、一杯食わされたか」

と呻きつつ、蜂野は即座に命じた。

「これよりわれらは船を捨て、郡山城下の伝馬宿で馬を調達し、街道を一気に白河城下へと戻る」

「頭取、夜を徹して馬を飛ばされるというので」

「おおっ、お香様の一行よりすでに一日遅れておるわ。相手は腹に子を身籠もった道中だ。そう急ぐことはできまい。なんとしても江戸までの道中で追いつき、この借りを返す」

憤怒の形相もの凄く蜂野万五郎が言い放ち、手下を集めて、郡山城下へと走り出した。

その様子を遠くから窺った御旗奉行の白幡三伍が、

「江戸から来た浪人者の策がまんまと当たったぞ。これから街道を戻るとなると白河城下までには一日余分に時がかかる。船旅で引き回した分を合わせ、二日の時を稼いだことになる、重畳かな」

とお役を果たし、満足の笑みを浮かべた。

お香の一行は白河城下を出ると白坂、芦野を経て、その夜は越堀宿の本陣に宿泊することになった。

およそ七里（約二十七キロ）を超える旅程で、身重の上に俄か駕籠舁きの道中としては上々の出だしだった。というのも駕籠を五人の若侍に幹次郎も加わり、三組交代で担ぎ続けたからだ。

本陣に安着したお香が汀女に、

「汀女先生、そなたの亭主どのにまで骨を折らせました」

と感謝の言葉を述べた。

「これが私ども吉原会所の者に与えられた御用でございます。無用なお気遣いをなされますな」

と汀女が答えたとき、本陣の井戸端では平沼平太ら五人の雛鳥たちがげんなりとした顔でへたり込んでいた。そこへ本陣の部屋割りなど打ち合わせを終えた幹次郎と仙右衛門が姿を見せた。

「なんだ、早や一日目でへばったか。余力があれば剣術の稽古をしておこうと思うたがこれでは無理のようだな」

「神守様、これ以上なんぞ致しますと明日の道中に差し支えます」

平太が泣き言を言った。

「そなたらに申し聞かせておこう。敵方はわれらの陽動にまんまと引っかかり、勢力を分散させておる。だが、それも今日までのことだ。偽のお香様を追っていると知った蜂野一統は死に物狂いでわれらを追ってくる。それがしの考えでは明日の昼過ぎ辺りから姿を見せよう。長閑な道中は今日で終わりと知れ」

「承知しました」

「夕餉を摂ったあと、早めに休め」

「はーい」

雛鳥侍五羽が口を揃えた。

越堀宿と鍋掛宿は八丁四十八間(約〇・九キロ)と指呼の間だ。だが、次なる宿場大田原へは三里一丁五十七間(約十一・九キロ)と離れていた。

幹次郎は大田原の伝馬宿近くのめし屋で昼餉を摂っているときに仙右衛門と顔

を見合わせ、仙右衛門が箸を置くと、

すうっ

とその場から姿を消した。

（ついに来たか）

仙右衛門が厠にでも行っていたかの顔つきで食事の場に戻り、箸をふたたび取った。

「蜂野の手下に案内された女六十六部二つ段平の駄羅女の一行が汗みどろで宿場外れに姿を見せました。どうやら、二番手の行列を追った連中が駄羅女に連絡を入れた結果と思えます」

すでに白河領外に幹次郎らは出ていた。白河藩の助力を得るわけにはいかなかった。

幹次郎は昼餉のあとの道程を思い浮かべた。

「大田原から佐久山まで一里二十五丁（約六・七キロ）、佐久山から喜連川宿へは二里三十丁（約十一・一キロ）か」

佐久山では早泊まり、喜連川では進捗次第では日暮れにかかる。

「喜連川は無理かな」

「蜂野本隊が合流するのが一番気になるところ、できることとなれば喜連川宿まで辿り着きたいものです」

「番方、お香様のお加減次第で今宵の泊まりを決めようか」

昼からの道中、最初にお香の駕籠を幹次郎と宗吉が担いだ。

駄羅女たちがお香奪還に動くとしたら、真昼間の道中ではない。一日の終わり、幹次郎らが草臥れたところに狙いをつけよう。となれば、その折り、幹次郎は戦いに専念できる空身(からみ)でありたいと思ったからだ。

佐久山宿まで幹次郎と宗吉ふたりで駕籠を担ぎ通した。

まだ刻限は八つ(午後二時)の頃合で、日も高い。

仙右衛門と無言で見交わし、先を急ぐことにした。

佐久山からの駕籠は平沼平太と阿部真之助のふたりが受け持った。

平沼平太ら五羽の雛鳥たちにも刺客が尾行している緊張は伝わり、四半刻置きに駕籠の担ぎ手を交代しながらひたひたと進んだ。

だが、二里三十丁は長かった。

喜連川の一里(約三・九キロ)手前で日暮れに差しかかった。

「やはり日のあるうちの喜連川到着は無理でございましたか」

仙右衛門が嘆息した。

「致し方ない。襲いくることを考えて陣容を整え直そうか」

路傍でしばし休息し、お香は駕籠を下りて体を休めた。

「お腹のやや子のご機嫌はいかがにございますか」

汀女がお香の様子を伺った。

「贅沢を申しては汀女先生方に申し訳ございませぬが、駕籠はちと窮屈ですね」

とお香が笑う。

「よい知らせがございます。明日の昼からは駕籠を捨てます」

「駕籠を捨てて香は歩きますか」

「それは秘密にございます、明日の楽しみとしてお待ちください」

汀女がお香に言い、ふたたびお香は駕籠の人になった。

宗吉と女馬子に扮したねねが一行の前後に小田原提灯を点して進むことになった。

行く手にちらちらと喜連川の灯りが見えてきた。

「お香様、今しばらくのご辛抱ですよ、喜連川の灯りが見えてきました」

と汀女がお香に言いかけ、

「まるで狐火のような」

と駕籠から覗き見たお香が感想を漏らした。

「お香様、喜連川は古、狐川と称されていたそうでございます。夫木抄に収められた藤原為家様のお和歌に、とにかくに人の心の狐川　かげあらはれん時をこそまて、というのがございます」

「とにかくに人の心の狐川　かげあらはれん時をこそまて、ですか。香は存じませんでした」

「今ひとつ、詠み人はだれか忘れましたが、里人のともす火かげもくるる夜によそ目怪しききつね川哉、というのもこの喜連川を詠んだ歌にございます」

「さすがに汀女先生にございます、ようご存じです。香はこちらの歌が風合いがあって面白うございます」

とお香が言ったとき、宗吉の足が止まり、提灯が揺れて、駕籠も停止した。

幹次郎は行く手に六十六部の白衣が壁を作って立ち塞いでいるのを見た。

錫杖の鉄の輪がじゃらじゃらと鳴らされ、

「ついに現われましたか」

と仙右衛門が道中差の柄袋を剝ぎ捨てながら幹次郎に言った。

「番方、どうやら蜂野万五郎の本隊は加わっておらぬ、われらに運が向いているとは思わぬか」

道中羽織を脱ぎ、大小さえ腰から抜いた幹次郎は仙右衛門に渡して身軽になった。そして、平沼平太らに命じた。

「そなたら、手筈通りにお香様の駕籠を守れ」

「はい」

と畏まった平太らが荷馬に積んであった剣を摑み、決死の覚悟で駕籠を囲んだ。汀女も懐剣を抜くと駕籠脇に控え、その傍らには提灯を保持したねねが立った。

「宗吉、しっかりと照らしねえ」

番方が道中差を抜いて命じた。

「承知しました」

幹次郎は十数間先に立ち塞がる六十六部に向かって歩きながら、

「二つ段平の駄羅女はおるか」

と問いかけた。

その手には使い込んだ木刀だけがあった。

六十六部の壁がふたつに割れ、駄羅女と蜂野の手下三人が姿を見せた。

「駄羅女、狐川で屍を晒すか」

「吐かせ、神守幹次郎」

女頭領の言葉に六十六部たちが錫杖を構えた。

「しょうこりもなき輩かな」

幹次郎が木刀を高々と振りかぶった。

薩摩示現流の構えだ。

同時に十数人の六十六部が幹次郎に殺到してきた。

幹次郎も走った。

見る見るうちに両者の間合が縮まり、幹次郎の口から、
きええいっ！

という怪鳥の夜鳴きにも似た気合い声が発せられ、幹次郎の体は虚空に高々と浮いていた。

それを予測していた数人が錫杖を虚空へと投げた。

己の背中を叩くまでに反動をつけた木刀が、
ちぇーすと！

の気合で振り下ろされ、投げ打たれた錫杖を一撃のもとに何本もへし折ると六

十六部の群れの中に飛び降りていった。

それを待ち構えていたひとりが錫杖を幹次郎に叩きつけようとした。だが、幹次郎の動きは俊敏を極めていた。着地した姿勢から木刀を横手に薙ぎながらごろごろと転がったのだ。

脛を叩き折られた六十六部が呻き声を上げ、攻撃の輪の外に出た幹次郎が立ち上がった。

まるでその姿は修羅か鬼人か。

平沼平太らは茫然自失していた。

気を取り直した六十六部らは、幹次郎を押し包もうとした。だが、さらなる縦横無尽の動きについていけず、幹次郎が動いたあとにばたばたと何人もが倒れ伏した。

勝敗を見極めた幹次郎が一旦お香の駕籠へと戻った。

「おのれ！」

女頭領の二つ段平の駄羅女の両目が血走り、眦を決していた。

いつの間に手にしたか身幅の厚い両刃の剣を両手に提げていた。

「番方、先ほど預けた刀をくれぬか」

仙右衛門が和泉守藤原兼定を差し出し、代わりに木刀を受け取った。

幹次郎は腰に兼定を差し戻した。

白衣に同色の手甲脚絆、草鞋履きの駄羅女は両刃の剣をだらりと下げて、手下たちが倒れ伏す街道を平然と幹次郎に歩み寄った。

「駄羅女、そなたの腕と魂をだれに売った」

「いらぬ世話かな」

「老中水野忠友様か」

幹次郎の問いに駄羅女の表情は全く変わらなかった。その代わり、両手に提げられた両刃の剣がゆっくりと体の左右横手から頭上へと差し上げられていった。

「となれば、残るひとりは石見浜田藩七万石松平周防守康福様か」

大きく広げられた両手の剣の動きが微妙に狂った。

「ほう、こちらか」

「吐(ぬ)かせ」

駄羅女の両手の剣は滑らかな動きで大きな円を描く動作に戻っていた。

幹次郎は左手を兼定の鞘元に添えると、
すすっ

と間合を詰めた。

それは駄羅女の予測を超えた動きで、気づいたときには生死の間合の中に幹次郎が入り込んでいた。

駄羅女の剣は頭上高くに差し上げられ、動きを止めた。

幹次郎の腰が沈んだ。

平沼平太らは固唾を呑んで戦いを凝視していた。ただ、眺めるしか考えが及ばなかった。

駄羅女の右手が微細な動きを示して、片手の剣を幹次郎へ投げ打とうとした。

それを察した幹次郎が駄羅女との間をさらに詰めた。

駄羅女の企ては阻止された。

両者はすでに顔と顔を接する距離で睨み合っていたからだ。

夜風が喜連川外れの戦いの場を吹き抜けた。

その瞬間、両者が動いた。

駄羅女の身幅の厚い剣が幹次郎の右と左の首筋に雪崩れ落ちた。

幹次郎は右手を柄に掛けると左手の指先で兼定の鍔を弾き出し、刃渡り二尺三寸七分が一条の光になって駄羅女の脇腹に襲いかかった。

見物する人のだれひとりとして短い間合の戦いの推移を察することはできなかった。

平太ら五羽の雛が思わず、

「神守様！」

と叫び、戦うふたりの体が硬直したように動きを止めた。

だが、仙右衛門は幹次郎の口から漏れた呟きを聞いていた。

「眼志流横霞み」

その呟きのあと、刃の光に変じた兼定が駄羅女の体の左へと抜けて、駄羅女の体が街道の横手へと転がった。

三

吉原会所の四人と白河藩の若侍らに護衛されたお香の一行は喜連川の本陣で逗留を余儀なくされていた。

お香の不調に汀女が気づき、何度も意を伺った末にお香が、

「お腹のやや子の動きがちとおかしゅうございます」

と告白したのだ。その上に腰が痛いという。

俄か駕籠舁きが担ぐ乗り物での旅だ、異変が起きても致し方なかった。

翌朝、一行はまだ暗い中に喜連川の本陣を、

「白河藩松平お香様、お発ち！」

という平沼平太の声とともに出立していった。

提灯も点けずひたひたと街道を氏家宿へと進む一行は奇妙な動きを取った。前後に人影がないのを見澄まし、脇道へと走り曲がり、そこから林の間を抜けて喜連川宿へと戻った。

空駕籠でお香は乗ってはいなかった。

一行は幹次郎ら男衆と荷馬だけの偽装の行列で、喜連川宿に密かに戻ると宿の東側の谷間にひっそりと建つ連光院（れんこういん）という尼寺（あまでら）に向かった。そこにはすでに汀女とねねに付き添われたお香が到着し、床に横になって医師の診断を受けていた。

幹次郎らは医師の診立てが終わるのを待った。しばらくして汀女が医師を見送りに表口に出てきた。

「姉様、いかがか」

幹次郎の問いに汀女が、

「やはり乗物に揺られたことが災いしたようです。幸いなことに二、三日静かにしておられれば、お腹のやや子も落ち着こうということです」

慈姑頭(くわいあたま)の医師が汀女の言葉に重々しく頷いた。

「真にもって有難うござった」

幹次郎が礼を述べ、

「喜連川にはお医師はおひとりでございますか」

と仙右衛門が聞いた。

「私の診立てでは信が置けぬと申されるか」

医師が仙右衛門を憤然(ふんぜん)と睨んだ。

「いえ、そうじゃないんで。ちょいとお医師に頼みがございましてな」

と言いながら尼寺の山門の外まで仙右衛門が送っていった。

「姉様、お香様はどうしておられる」

「横になって休んでおられますよ」

お香にはねねが付き添っているという。

「予定が狂いましたな、幹どの」

「身重の道中です、不測の事態は考えられたことです」

と幹次郎が答えたところに仙右衛門が戻ってきた。

「田舎医師にはちょいと鼻薬(はなぐすり)を嗅(か)がせて一切喋(しゃべ)るなと念を押しておきました」

と報告した。

「番方、お香様はしばらく静養のためこの寺に逗留することになりそうだ」

「わっしら、なんぞやることがございますかえ」

蜂野万五郎一統が今日にも追いついてくることは目に見えていた。

「番方に頼みがある」

「なんでございますな」

「氏家から白沢宿辺りまで走り、お香様一行が通過した噂を宿場宿場に流してくれぬか」

「承知しました。ついでだ、阿久津河岸の河岸問屋若目田(わかめた)家にも立ち寄ってきましょうか」

「頼もう」

幹次郎の言葉は以心伝心仙右衛門に通じたが、汀女には阿久津河岸がなにか理解つかなかった。

仙右衛門と宗吉のふたりが連光院から密かに姿を消し、幹次郎は五人の若侍と一緒に連光院の近くにある小屋に入った。

尼寺に男らが何人も過ごすわけにはいかなかった。

幹次郎らが過ごす隠れ家は、喜連川の百姓たちが筍掘りや山菜の季節などに利用する小屋だという。八畳ほどの広さの板の間には囲炉裏が切り込んであり、板の間の片隅には夜具も積んであったし、炊事道具も一通り揃っていた。

そこを尼寺の庵主の計らいで借り受けたのだ。

小屋を掃除し終えたところに汀女とねねが米、味噌、野菜、漬け物に酒まで運んできた。

「松平定信様のご威光はさすがですね、お香様の手厚い看護を庵主様が約束してくれました上に、幹どのらの食事まで気遣っていただきました」

「これで数日、籠城はできるな」

「こちらの昼餉の仕度を致しましょうかな」

と汀女が襷をかけた。

「姉様とねねどのは、お香様に付き添っていてくだされ。めしくらいわれらで用意できる」

と幹次郎が断った。

汀女たちが尼寺に戻り、幹次郎が平太らに、

「平太、そなたらはめしを炊け。それがしがなんぞ菜を作ろう」

と言った。

「はあ」

幹次郎の言葉に平太らが浮かぬ顔をした。

「どうした」

「めしを炊いたことがございません」

「なにっ、そなたらはめしも炊いたことがないというか」

平太らが情けない顔で頷いた。

考えてみれば白河藩の大身の子弟たちだ。台所にさえ入ったことはなかろうと
幹次郎は平太らを見回した。

「そなたら、なにができる」

「なにができると申されても、困ったな」

五羽の雛鳥たちは互いに顔を見合わせた。

「剣術の稽古どころか、めしの炊き方から教えねばならぬとはのう。平太、まず
大釜に米を入れよ、番方らを入れて八人じゃから、夜の分を考えると二升では足

りぬな、三升計って入れよ」

幹次郎は米の研ぎ方から水加減を教え、竈に火を熾して大釜をかけた。

「めしの炊き方のこつは、初めちょろちょろ中ぱっぱ、赤子泣くとも蓋取るな、と申してな、蓋を取って米の炊き上がりなど確かめてはならぬ」

と命じ、菜の仕度に取りかかった。

なんとか用意した昼餉を食べ終えた幹次郎は、小屋前の庭に平太らを連れ出し、腹ごなしに剣術の稽古をつけた。

白河藩でも腕自慢の若侍だけあって形にはなっていた。だが、なんといっても道場稽古だ。

幹次郎ひとりにさんざん打たれて、半刻も持たずにへたり込んだ。

「そのような仕儀でお香様をお守りできるか」

「神守様、そなたは天狗様ですか。われらではなんとも太刀打ちできませぬ」

と陣間米八が泣き言を言うところに仙右衛門ひとりが戻ってきた。

八つ半の刻限だ。

「宗吉には宇都宮城下まで噂を撒き散らしに行かせました」

「ご苦労でしたな」

「帰り道、氏家宿で蜂野万五郎らが馬で到着したのに会いましたぜ。遠目ですが疲れ切った顔で怒り狂っておりましたな」

と仙右衛門が苦笑いした。

「宗吉はここに戻ってきますかな」

「いえ、用が済んだら阿久津河岸の川船問屋の若目田家で待てと指示してございます」

幹次郎は徳利を自ら下げてくると茶碗に酒をなみなみと注ぎ、仙右衛門に出した。

「頂戴致します」

仙右衛門が茶碗を両手に持つと喉を鳴らして一気に呑んだ。

「その分では昼餉もまだのようですな」

幹次郎が残った鍋を囲炉裏の自在鉤(じざい)にかけようと立ち上がると、

「神守様、これくらいわれらでもできますよ」

と平太たちが忙しげに立ち働き始めた。

「おや、雛鳥もだいぶ旅に慣れましたか」

仙右衛門が笑い、

「お香様のお加減はどうですかな」

「今日一日お休みになった上で先のことは考えましょうか。無理してやや子になんぞあれば定信様が気落ちなされますからな」

仙右衛門が頷く。

幹次郎はその翌日も喜連川宿外れの尼寺連光院近くの小屋にひっそりと滞在した。

仙右衛門ひとりが時折り宿場に行って蜂野万五郎らの動静を探った。

夕暮れ、仙右衛門が緊張の顔で戻ってきた。

「蜂野一統が喜連川に戻ってきましたぜ。どうやらこの近辺にわれらが潜んでいると嗅ぎつけやがったようです」

「宿場じゅうを洗い出すは必至か」

「へえっ」

幹次郎と仙右衛門は汀女に会い、お香の様子を訊いた。

「この二日横になっておられたので、お腹のやや子も落ち着かれたようです。ですが、腰は未だ痛みがあるとか」

「姉様、夜道を戸板に横になられて旅ができようか。氏家宿外れの阿久津河岸までおよそ二里半（約九・八キロ）の辛抱じゃがな」

「お香様に相談申し上げます」

「頼もう」


五つ、連光院を戸板に横になったお香の一行が密かに出立した。肩から帯紐を戸板の下に通して担ぐのは平沼平太ら、すでに侍姿に戻った四人だ。

提灯を点した仙右衛門が奥州道中を外して山道を案内に立った。

夜道を戸板で行く道中だ。難儀を極めたがなんとか深夜の八つ半には氏家宿を東に見て、田圃の間の野良道を通過し、奥州道中に出た。

「ふーう、なんとか無事にここまで辿り着きました」

仙右衛門が幹次郎に話しかけた。

夜明けはそこまで訪れていた。

「ようお香様は愚痴ひとつお零しにならずに頑張られた」

「ほんに感心致します」

というふたりの会話に戸板に敷かれた夜具の上で瞑目していたお香が目を見開き、

「皆の者に迷惑をかけて香は相すまぬ気持ちです」

と答えた。

「お香様、どうやら夜明け前までには阿久津河岸の若目田家に入り、お休みになれますのでな、もう少しの辛抱にございますよ」

「仙右衛門どの、そなたには白河へ供をしてもらい、こたびは江戸戻りの道中も難儀を掛けることになりました。白河往来は香にとって仲之町の花魁道中にも似た旅にございます」

「となればわっしは差しづめ、定紋入りの箱提灯を提げた見世番にございますかな」

と仙右衛門が笑みの顔で応じ、

「太夫は戸板で寝ての道中ですか」

とお香がころころと笑った。

幹次郎の足が止まった。

一行は鬼怒川左岸の阿久津河岸近くのそうめん地蔵に差しかかっていた。

「神守様、どうなされました」

と戸板の前を担ぐ平沼平太が訝しそうに訊いた。

仙右衛門が提灯を突き出してそうめん地蔵の後ろに立つ堂宇を照らした。

「どうやら先回りされましたか」

仙右衛門が言い、頷いた幹次郎が、

「平太、そっと戸板を路傍にお下ろし申せ」

と命じた。

「はっ、はい」

四人の若者が肩から戸板の下に回した帯に手を添えながら下ろした。

汀女とねねがその傍らに控えた。

堂宇の背後に人の気配がして、十数人の男たちが姿を見せた。

蜂野万五郎とその一統の者たちだ。

白河宿から偽のお香一行を乗せた御用船を阿武隈川に追跡して郡山まで引き回され、さらには馬を雇って奥州道中を駆け戻り、ほんもののお香一行を探し回った蜂野らの無精鬚の面貌には旅塵と汗と疲労がこびりついていた。それが蜂野らの怒りを一層際立たせていた。

「お香様にございますな」

小脇に槍を掻い込んだ蜂野万五郎が誰何した。

「在方代官頭取蜂野万五郎、控えよ。藩主松平定信様のご側室お香の方様になんの用か」

平沼平太が定信近習の威厳を見せて言い放った。

「小童、差し出口を利くでない」

万五郎が平太の叱声を一蹴した。

「蜂野万五郎さんよ、白河城下を遠く離れて槍や刀を翳しての談判とは、ちょいと非礼に過ぎましょうぜ」

仙右衛門が言い放った。

「江戸者が要らざる口を利くでない」

「江戸者でもわっしらは御免色里の吉原会所の者でしてね、在方代官なんぞに道を塞がれる謂れはないんで」

「われらはお香様を取り戻すだけのことだ。抗えば斬る」

「面白えや。おめえら、冥土の土産に耳をかっぽじって聞きやがれ。お香様はその昔、蕾と申された禿だったお方だ、吉原とは昵懇の間柄なんだよ。花のお江戸への双六道中を邪魔しやがると、ここにおられる神守幹次郎様の薩摩示現流の剣技が黙っちゃいないぜ」

仙右衛門の啖呵に蜂野万五郎が小脇の槍を構えた。

「風伝流の槍術、拝見致そうか」

幹次郎はすでに羽織を脱ぎ捨てていた。

蜂野の一統も剣を抜き連れた。すると、

「神守様、雑魚は私どもにお任せください」

と平沼平太らが剣を抜き放った。

「平太、そなたらが修行した剣がほんものかどうか存分に確かめてみよ」

「承知しました」

幹次郎の言葉に平太らが張り切り、仙右衛門が五羽の雛鳥侍の後見に回った。

「ちょこざいな、小童め、叩き斬れ」

と蜂野万五郎が手下に命じ、両派はそうめん地蔵の前の広場でぶつかった。

幹次郎はそれを確かめ、和泉守藤原兼定を抜くとすたすたと朱塗りの柄がついた大槍の穂先の前に歩み寄った。

穂先から一間（約一・八メートル）の間合で一旦足を止めた。

「吉原の用心棒がどれほどの腕か、見て遣わす」

蜂野万五郎がりゅうりゅうと朱塗りの大槍を扱いた。

穂先が幹次郎の胸の前へと迫り、また引き下げられた。

幹次郎の手の兼定がゆるゆると頭上に上げられた。

次第に勝負の機運が盛り上がり、万五郎の顔が真っ赤に染まったのが朝ぼらけの光に浮かんだ。

穂先が微光に鈍く光り、幹次郎の胸板を貫くほどに突き出され、手繰(たぐ)られた。

さらに大槍が突き出されようとした瞬間、幹次郎の体が沈み込み、反動をつけて虚空へと舞い上がった。

穂先が幹次郎の、虚空にある草鞋の足先を掠(かす)めた。

ちぇーすと！

という気合がそうめん地蔵に響き渡り、幹次郎の体が槍を慌てて手繰る蜂野万五郎の眼前に覆い被さり、兼定が脳天へと叩きつけられた。

ぱあっ

と血飛沫(しぶき)が飛び散り、万五郎の体がくねくねと揺れ動くと、

ずでんどう

と横倒しに崩れ落ちた。

五羽の雛侍は奮戦していた。だが、多勢に無勢だ、ひとりにふたりから三人が

かりで攻められ、劣勢に追い込まれていた。

仙右衛門は決して手出しはしなかった。

「戦は気合でございますよ、数じゃねえ！」

「ほれ、彦根様、後ろに回られますぜ」

と鼓舞していた仙右衛門が、

「吉原会所裏同心神守幹次郎様、在方代官頭取蜂野万五郎を討ち取ったり！」

と大声を上げた。

五羽の雛侍が、
わあっ！

という歓声を上げ、

「壱三郎、米八、真之助、與助、われらも押し込むぞ」

平太の声も急に勢いづいて劣勢から攻勢に転じた。その勢いで新たに何人かの蜂野派の手下たちが脛や肩口を斬られた。

形勢は逆転した。

「それ押せ！」

「だれひとりとして逃してはならぬ！」

「またひとり斬ったぞ!」

と大声を上げつつ追い込んだ。

頭領を討たれた蜂野派は総崩れになり、その場から逃散(ちょうさん)した。それを追いかけようとする平太らを、

「平沼様、深追いは禁物ですぜ」

と仙右衛門が止めた。

五羽の雛侍が意気揚々と幹次郎のもとへと戻ってきた。

「お手柄でした」

「有難きお言葉です」

「まだ道中は半ばです。これからも気を抜かれずお香様のお供を願います」

「承知仕った」

と自信に満ちた態度の五羽の雛は今や立派な若武者へと育っていた。

四

「鬼怒川有、常水川幅三拾間程、出水之節は八丁程に相成、船渡し也。此川水源

は日光山裏手絹沼より流出、五十里川、高綱川、戸沢川、泉川其外川々落合流れ来、流末は下総国木の崎にて利根川江落ちる」

と『大概帳』に記された鬼怒川は、普段三十間（約五十四・五メートル）ほどの川幅だ。だが、増水の季節にはそれが何倍にも、ときに八丁（約八百七十メートル）にも広がるほど急変する、それほど水量の多い流れだ。

この流れを利用して鬼怒川舟運が思いつかれた。

慶長年間、白沢と氏家の間を流れる鬼怒川左岸に阿久津河岸が開かれ、奥州各地の廻米はこの阿久津河岸に集められ、江戸へと運ばれた。

この阿久津河岸で威勢を振るったのが若目田久右衛門だ。

慶長二年（一五九七）に滅亡した宇都宮国綱の臣であった若目田一族は、武士の身分を捨てこの河岸に住み着いて、物流と舟運に携わって巨万の富を築き上げた。

阿久津河岸にはずらりと船蔵が並び、米をはじめ、大豆小豆、紅花、漆、煙草、酒、木綿が積み出され、江戸から塩、干鰯、〆粕、肥料、干物、砂糖、農具、小間物、布物、古着が上がり、阿久津河岸でふたたび分配されて奥州各地へと運ばれていった。

阿久津河岸の最盛期は元禄三年(一六九〇)ごろで、小鵜飼船と呼ばれる長さ八間(約十五メートル)ほどの小型の荷船七百七艘も保有した若目田家の身入りは廻米収入だけで年に九千両にも上ったという。また鵜飼船とは鵜のように敏捷に走り回るところから名づけられたものだ。

それだけに阿久津河岸は、

「小江戸」

と呼ばれ、江戸の風物は直ぐに入ってきた。若目田家のような川船問屋の他に大小の店が軒を並べて、繁栄を競い合っていた。

お香の一行が到着した天明七年にはすでに若目田家の隆盛期は過ぎていたが、それでも堂々とした屋敷と何棟もの蔵が河岸を睥睨する高台に聳えていた。

若目田家には白河城下から御年寄方吉松歌右衛門の書状が届けられ、お香の滞在などが願われていたから、主の久右衛門以下番頭ら主だった奉公人が出迎えた。

その出迎えの中には街道に偽の情報を振り撒いてきた宗吉の姿もあった。

門の手前で戸板を下り、身嗜みを整えたお香は、汀女とねねを従えて屋敷の式台の前に到着した。

「造作をかけます」

お香は貫禄を見せて、出迎えの者に挨拶した。

「お香様、ご自身の屋敷とお考えになり、いつまでもご逗留ください」

と当代の若目田久右衛門が答礼した。

老中首座に上がった松平定信の寵愛する側室である、若目田家としても疎か(おろそ)な扱いはできなかった。

喜連川宿外れの連光院から夜を徹して旅してきた一行は、一旦若目田家の座敷に落ち着き、朝風呂に浸かり朝餉を食した。その後、お香ら女衆は休息を取った。

一方神守幹次郎、仙右衛門らと五人の若侍らは河岸に向かい、用意されていた一艘の新造船を点検した。

江戸と奥州の中継地、鬼怒川舟運は物を運ぶために開削(かいさく)され、阿久津河岸の小鵜飼船は物資を輸送するために造られた船であった。

だが、後年になり、小鵜飼船は人を運ぶために改良されて、阿久津河岸は江戸へと下る乗合船の発着所にもなっていた。

幹次郎と仙右衛門は予め(あらかじ)江戸への帰還の道筋をいくつか考えていた。この阿久津河岸から江戸へ川船を利用することもそのひとつだった。今、その舟運を利用しようと船の点検に来たのだ。

若目田家の番頭が幹次郎らに船を指して、

「うちでも一番新しい船でございましてな、乗り心地は最高でございます。ただ今は流れもきつくはございませんし、川筋に慣れた一番の腕利きの船頭を三人ほどつけますで、お香様のお体に障るようなことは万々一もございません」

と胸を叩いた。江戸まで行くという船は長さ十一間（約二十メートル）、幅二間（約三・六メートル）ほどで、帆柱を備えていた。

小鵜飼船よりもひと回り大きく、帆を使わぬときは帆柱が畳まれて船に寝かされる仕組みだった。

喜んだのは平沼平太ら若侍たちだ。

「おい、與助、もう駕籠舁きの真似をしなくてもよいぞ」

「平太、そなたはお香様をお運びするのがそれほど嫌だったか」

「そうではない。だが、そなた、侍の本分に戻りたくはないか」

「そうじゃな」

と乗り心地がよいという新造船を見回した與助が、

「明日からは楽旅ですね」

と幹次郎を見た。

「御用は終わったわけではない。一同、気を抜いてはならぬ」

「はーい」

とまた五羽の雛鳥に戻った様子で平太たちがあっけらかんと返事をした。


この日、お香は若目田家の座敷で静養し、元気を回復した。

夕暮れ、お香は少し散策がしたいと汀女と幹次郎を伴い、阿久津河岸に出た。

天高く晴れ渡った秋の空は西に傾いた陽光を受けて茜色に染まろうとしていた。

「汀女先生、自らの足で白河から江戸まで歩きとうございました」

「安永五年の道中もお駕籠でしたか」

「はい。その上、こたびと同じように刺客に襲われる道中で途中の景色を楽しむどころではございませんでした」

幹次郎はそぞろ歩くふたりの背後から静かに従った。

「仙右衛門どのにお聞きしました。神守様と汀女先生は十年も敵に追われる旅暮らしをなされてきたそうな」

「幹どのとは幼馴染、姉と弟のように同じ長屋で育ちました。私が十八になった折り、父が病に倒れ、その治療代に借財を負いました。その借金のかたに歳の離れた納戸頭の家に嫁に出されたのです。私を娶った納戸頭の藤村は藩内で小金を密かに貸して蓄財するような人物でございました」

「なんということか」

「幹どのが私の境遇に同情致し、私を誘って逐電致したのです。それから追手の影に怯える日々が十年も続いたのです」

「神守様はそれほど汀女先生を愛しておられたのですね」

女ふたりが後ろを振り向いた。

「幹どの、お答えはいかがです」

「お香様、お尋ねになるには及びませぬ」

「これはしたり、野暮な問いを致しました。香は汀女先生が羨ましく思います」

「お香様も定信様とは幼きころからの知り合いとお聞きしましたよ」

「はい。定信様と田安の屋敷で初めて香がお会いしたのは六つのときでした。無心であったあのころが一番幸せであったように思います」

お香はその後定信と別れ、裏長屋住まいを経験したのち、吉原に身売りするという運命を体験していた。だが、吉原に売られたことがお香と定信の再会の切っ掛けになるのだから、世の中、なにが起こるか分からない。

「汀女先生、人生とは面白きものですね。汀女先生も香も流れに突き落とされて幸せを得ました」

「それも最愛の殿方とともにな」

「いかにもさようです」

と満足の笑みを浮かべたお香の顔が残照に赤く染まった。

幹次郎の脳裏に、

秋暮れて　女らの旅路や　阿久津河岸

という下手な句が浮かんだ。

「江戸に出ていく楽しみが増えました」

「定信様との再会にございますな」

「いえ、汀女先生と神守様が江戸におられます。香が江戸に落ち着きましたら、汀女先生、ときに屋敷を訪ねてきてくださいませ」

「時の宰相松平定信様のお屋敷に私どもがお訪ねして宜しいのでしょうか」

「定信様もきっとおふたりにお目にかかれることを楽しみにしておられましょう」

阿久津河岸をそぞろ歩くふたりに、

「風も冷たくなりました。屋敷に戻りましょうか」

と幹次郎が呼びかけた。

「つい話し込み、時が流れるのを忘れておりました」

三人は若目田家にゆっくりと引き返した。船着場では対岸の白沢宿へ向かう最後の渡し舟が出ようとしていた。その渡し舟に向かって急ぐ旅人のひとりが幹次郎らに目を留めた。

「おや、神守どの、ご新造様」

声をかけた主は、がまの油売りの杉武源三郎信胤だった。

「これは異なところでお目にかかりますね。そなたは陸奥へ商いの旅にお出でになるものとばかり思うておりました」

「われら、旅商人は風の吹き具合で行く先を変えまするでな」

と杉武が笑い、

「渡し舟に乗り遅れるといかん。これにて失礼致す」

と言い残して棹を流れに立てた渡し舟に走り寄り、飛び乗った。

幹次郎が見送ることを承知したように杉武が渡し舟の中から手を振った。

「神守様と汀女先生はいろいろな方とお知り合いにございますな」

「お香様、知り合いと申しても歓迎せざる人物にございますよ」

「ほう、それはまたどうして」

「田沼派の刺客のひとり、それも難敵にございます」

「なんと」

お香が呆然と渡し舟を見た。

すでに渡し舟は流れの中ほどに差しかかり、杉武源三郎の姿は乗合客の中に溶け込んで判別はつかなかった。


翌朝、夜明けとともに阿久津河岸を三人の船頭に操られた新造船が離れた。

「お香様、お元気で」

「下総の久保田(くぼた)河岸までは、昼の頃合に到着しましょうぞ」

と若目田久右衛門や番頭に見送られて船は流れに乗った。

胴の間には水飛沫がかからぬように苫葺(とまぶ)き屋根が作られ、妊娠中のお香の体を考えて居心地よく座っても横になっても行けるような座所が設けられてあった。

その傍らには汀女とねねの控える席もあった。

幹次郎と仙右衛門は川船の舳先に立って、見送りの人に手を振り返した。

平沼平太ら五人の若侍たちも船頭の邪魔にならぬよう散らばって座していた。

「神守様、残る心配は、がまの油売りの侍だけだ」

「見られたのは失態であった」

「いえ、あの者なればなんとしてもわっしらに喰らいついてきますって」

幹次郎も頷いた。流れに船が乗ったところで、

「神守様、仙右衛門どの、われら、なんぞやることがございましょうか」

と平沼平太がお伺いを立ててきた。

「船旅の間は船頭任せだ、まさかの場合に備えて体を休めておかれることです。

ただし気を抜いてはなりませぬ」

幹次郎は杉武源三郎のことを若侍には告げなかった。

「承知仕りました」

平太の応対も段々と大人びてきた。

下総の久保田河岸まで十三里（約五十一キロ）、時折り歌われる船頭の船歌を

聞きながらの快適な旅だった。

　小鵜飼船の物産は久保田河岸で大型船に積み替えられて、利根川との合流部まで下ったのち、利根川を関宿（せきやど）まで遡（さかのぼ）ることになる。

　お香の一行は船を離れて川船問屋で昼餉を摂ることにした。

　幹次郎は久保田河岸をふらつき、杉武源三郎の姿を探したが見えなかった。だが、お香から目を離すとも思えなかった。

「見当たりませぬか」

　川船問屋の前に仙右衛門と宗吉がいた。

「おらぬな」

「諦めてはおりますすまい」

　昼餉を食したあと、一行はふたたびそのまま若目田家の新造船に乗り利根川に出た。

　帆を張り、風を受けてのゆったりとした旅に変わった。

「今日までの旅が嘘のようだ」

「江戸までこのようだと楽だぞ」

　両岸の景色を愛（め）でながら平太らが楽しそうに言い交わしていた。

仙右衛門も幹次郎もこのまま続くことを祈った。

祈りが通じたか関宿までなにごともなく到着し、一行は船旅の一夜目をこの地で過ごすことになった。

お香ら女衆と平沼平太らを旅籠の部屋に落ち着かせた幹次郎、仙右衛門、宗吉の三人は旅籠の周りを見廻った。だが、杉武源三郎のいる様子はない。

「江戸川に入り、流れに乗ってひと息に江戸まで十三里（約五十一キロ）ほどの道中が残るだけですよ。杉武源三郎が現われるとしたら、今晩しかないはずだが」

仙右衛門が首を捻った。

「不寝番を置いて警戒に当たろうか」

「へえっ」

旅籠ではすでに夕餉の仕度がされていた。

お香の座敷に女たち三人の膳が並び、幹次郎たちは旅籠の囲炉裏端で膳部を囲んだ。

関宿の旅籠はなにごともなく過ぎた。

七つ前、旅仕度を整え終えた神守幹次郎は最初に旅籠の通用口（くぐり）から河岸に出た。

まだ夜の帳が下りた宿場は暗かった。

幹次郎は船着場に泊まる船へと歩き出そうとして、常夜灯のかすかな灯りの中の人物に気づいた。

杉武源三郎信胤だ。

今朝はがまの油売りの道具は持参していなかった。

「がまの油売りは辞められたか」

「旅商いは風の吹き具合と申したぞ」

「それがしひとりを討ち果たしたとて、仲間もおることだ。そなたひとりでお香様を拉致はできまい」

無益なことは止めよと幹次郎は忠告した。

「もはやお香様には関心がない」

「ならばなんだ」

「そなたと勝負がしてみたい」

「迷惑な」

「おれにも武士の魂が少しは残っていたと思える」

杉武源三郎は腰に差した大刀の柄に手をかけ、するすると間合を詰めてきた。

平沼平太ら五人の若侍が旅籠から通りに出てきた。

「今宵は江戸だぞ」

「長い道中であったな」

旅籠の前に出た五人の若侍が、
あっ！

と叫び、凍りついたように固まった。その異常な気配に仙右衛門が姿を見せて、
一瞬にして事態を覚った。

「なんてこった。無事最後の夜を乗り切ったと思うたが……」

「仙右衛門どの、この勝負、お香様の身には関わりがない。杉武どのはそれがしとの尋常勝負を所望でな」

背の仙右衛門にそう言い残した幹次郎も杉武源三郎のほうへと歩み出した。たちまち間合が縮まった。

四間（約七・三メートル）が三間（約五・五メートル）になり、二間（約三・六メートル）に詰まったところで両雄は歩みを止めた。

小野派一刀流と流儀を名乗った杉武が腰に一本だけ差した剣を抜いた。それが悠然と正眼に構えられた。

幹次郎はだらりと拳に握った両手を垂らしたままだ。

旅籠の表戸が大きく開けられ、汀女に導かれるようにお香が通りに出てきた。

「な、なんと」

「汀女先生」

女ふたりが戦いに気づいて短く驚きの言葉を発した。

だが、もはや見守るしかなす術はなかった。

幹次郎は杉武源三郎が強敵と承知していた。それだけに一瞬でも早く刀を抜きたいという衝動に駆られた。だが、一方で加賀藩の城下外れの眼志流道場主小早川彦内老師が口にしていた、

「眼志流にかぎらず居合術は鞘の内が勝負じゃ。抜きたいという恐怖心にどれほど耐えられるか、それが勝負の分かれ目よ」

という戒めの言葉を思い出していた。

杉武源三郎の正眼の剣が自らの顔前に引きつけられた。

平太が口の中で、

(神守様)

と勝利を念じて呟いた。

杉武が走った。

間合が詰まった。

幹次郎の左の拳が和泉守藤原兼定に触り、右の拳が腹前に躍って柄にかかり、抜き上げた。

幹次郎は杉武の放った刃を顔前に感じていた。

兼定が光に変じて円弧を描く。

ああっ！

堪らず平太ら若侍が悲鳴を上げていた。

ふたつの刃は交差せぬまま相手の体に迫った。

うっ

寸余早く兼定が踏み込んできた杉武源三郎信胤の脇腹に届き、その胴を薙ぐように兼定が引き回され、杉武の体が横手へと吹き飛び、

どさり

と河岸道に転がった。

「眼志流横霞み」

幹次郎の口からこの言葉が漏れ、血の臭いが薄く関宿に漂った。

「お、お見事」

痙攣（けいれん）する杉武が幹次郎を賞賛する言葉を吐き出し、
がくり
と動かなくなった。

長い重い沈黙があった。

「幹どの」

汀女が声をかけ、振り向いた幹次郎が、

「姉様、お香様を船へ」

と命じた。


関宿での戦いから数日後、菅笠に着流しの神守幹次郎は五十間道を秋の日を浴びて下っていた。

松平定信の側室お香を江戸に連れ戻すという役目は果たした。それが吉原会所の裏同心に与えられた務めだった。

「幹やん、旅はどうだった」

引手茶屋相模屋の前に姿を見せた甚吉が大声を張り上げた。

「いつも通りだ、変わりはないわ」

頭に載せた菅笠の縁を摑んで顔を甚吉に向けた。

「幹やん、うちは変事が生じた」

「なんだな」

「やや子が生まれそうだ」

「変事ではない、慶事だ」

「そう、足田甚吉が父親じゃぞ！」

「まずは目出度い」

「今晩、一升下げて幹やんの長屋を訪ねる」

頷いた幹次郎は大門へと向かいながら、松平家の築地下屋敷に入られたお香様はどうしておられるかと考えた。

天明八年（一七八八）、田沼時代からの老中、石見浜田藩の藩主松平周防守康福が職を辞した。だが、松平定信の側室お香に向けられた暗殺未遂の責めを負うてのことかどうか、定かにされることはなかった。

二〇〇六年七月　光文社文庫刊

光文社文庫

長編時代小説
枕絵(まくらえ)　吉原裏同心(よしわらうらどうしん)(7)　決定版
著者　佐伯泰英(さえきやすひで)

2022年7月20日　初版1刷発行

発行者　鈴木広和
印刷　萩原印刷
製本　ナショナル製本

発行所　株式会社　光文社
〒112-8011　東京都文京区音羽1-16-6
電話　(03)5395-8149　編集部
8116　書籍販売部
8125　業務部

ISBN978-4-334-79336-4　Printed in Japan

組版　萩原印刷